# 令嬢は花籠に囚われる

朝海まひる

イースト・プレス

contents

# 1

夕暮れの繁華街の隅、細道を少し入った先にある路地裏の壁際に、エリタ・サフィンは身を竦《すく》めるようにして立っていた。

華奢な体を壁に押しつけるように縮めて、しっとりとした長い栗毛を揺らす。白く細い腕は、胸元にぎゅっと寄せられていた。

遠くに人々の賑わいが聞こえるだけに、薄暗さと静けさが際立っている。道を一本違えただけでがらりと雰囲気が変わることを連れ込まれて初めて知った。

右には屈強な体躯をした大男。左には耳にピアスをたくさんつけた痩身の男。正面には口ひげを蓄えた男が、エリタを囲むようにして立っている。

三人の男から向けられる視線に子兎《こうさぎ》のように怯えながら、エリタは飴色の瞳をさまよわせた。

何が起こっているのか、理解出来なかったのだ。

エリタが理解出来ていることといえば、叔父であるクレオの企みによって家を追われたことと、空腹で倒れそうだということだ。

しいてあと一つあげるならば、無一文であるということだろうか。

身一つである心細さがエリタのただでさえ少ない警戒心を緩めさせ、その結果、今まさに彼女は追い詰められていた。

「あ、あの……これはいったいどういうことですか?」

消え入りそうな声でエリタは訴えたが、男達はニヤニヤとエリタを眺めるだけだった。

怯えるエリタを嬲《なぶ》るような雰囲気に、心臓が痛いほど拍動する。

否応なく差し迫る恐怖に、手足が小刻みに震えるのを止められなかった。

(怖い。私は何か、彼らを怒らせるようなことをしてしまったの?)

細道がある方向にエリタが視線を向けると、大男が視界を遮るように壁に寄りかかってくる。肩をびくりと竦ませ、エリタは必死に自分の何がいけなかったのかを考えた。

彼らとの出会いは、ほんの数分前だ。

空腹を持て余しながら繁華街の隅で途方に暮れていたエリタのもとに、彼らは現れた。

衣服をだらしなく着崩しており雰囲気も粗野《そや》だったが、亡き父に人を外見で判断してはいけないと教わってきたエリタは、彼らの馴れ馴れしい挨拶《あいさつ》にも笑顔を返した。

するとと彼らは、エリタを食事に誘ってくれたのだ。

エリタは彼らに心から感謝した。エリタが空腹で困っていることを察し、善意の手を差し伸べてくれたと思ったからだ。

その言葉に偽りや下心があるなどと、考えもしなかった。困っている人がいれば助けよと教えられてきたエリタにとって、人々の言動はつねに善意であることが当たり前だった。それに、背と腹がくっついてしまうのではないかと思うほど空腹だったこともあり、エリタには彼らが天使にすら見えていた。

富豪の一人娘として大事に育てられたエリタは、これほどの飢えを未だかつて味わったことなどなかったのだ。

それ故に、世間知らずだった。

彼らの言葉を善意として受け取り、鵜呑《うの》みにしたエリタが感謝の言葉を告げると、彼らは一様に喜び、大男がエリタの肩を抱いた。

異性とこんなふうに密着したことなどなかったエリタは羞恥よりも動揺を覚えたが、戸惑っているうちに移動されてしまい、導かれるまま歩くしかなくなってしまった。

そうして連れて来られたのが、この薄暗い路地裏だったのだ。

「あの……食事をご馳走してくださるのではなかったのですか？」

怯えを必死に堪えながら、か細い声でエリタが問うと、なぜか全員がニヤニヤと笑う。異様な雰囲気に、エリタの手のひらには汗が滲《にじ》んだ。

「ごめんなさい、あの、私……状況がよく、わかっていなくて」

「わかんないの？　そりゃ困ったなぁ」

髭面の男が大仰な仕草で首を傾げ、左右の仲間達と視線を交わす。場の空気の異質さや、なんとも言いがたい焦燥《しょうそう》に煽《あお》られれば、エリタとて何かが違うことはわかる。

エリタは曖昧な危機感を抱きながら必死に考えて、ようやく自分が騙されたという可能性に辿り着いた。

（この方たちは、嘘をついて私をひと気のないところに連れだしたのね？）

エリタの身形《みなり》は一目で裕福な家庭の令嬢であることがわかる。どこぞの令嬢が供も連れずに繁華街を歩いていれば、人目を引いたに違いなかった。

貧しい者は、ときに心を病んでしまうのだと父親が言っていたのを思い出し、エリタは猛省《もうせい》した。

己の迂闊《うかつ》さが彼らに悪事を働かせたのだと気づき、その罪深さに胸を痛める。

　自分が置かれた状況をどう受け入れ、今後どうするかを考えることばかりに夢中になりすぎて、外側にまで考えが及ばなかったのだ。

（富める者は庶民の手本となり、彼らを導き守る存在でなければならないのに——）

　エリタの父親は爵位を持ってはいなかったが、その心根だけは立派な貴族だった。その血を受け継ぐ者として、常に周囲の視線を意識すべきだった。

　エリタにはもう富める者たる要素はなかったが、財産を失ったからといって、心までもが貧しくなるわけではない。

　意識一つで、父親に恥じぬ淑女であり続けることは出来るはずだ。

　そう自分を励まし、エリタはエリタなりに状況を打破すべく、意を決した。

（お父様、ごめんなさい。エリタはまだまだ未熟者です。けれど出来ることはやってみます。どうか私を守って）

　天国にいるはずの父親に加護を願い、きゅっと一度瞼《まぶた》を閉じる。

　エリタは痛いほど拍動している心臓の上にそっと手を置くと、三人の男達を精一杯の勇気を振り絞って見回した。

「お？　どうした」

「ごめんなさい。貴方たちが悪事に手を染めようとしていることに気づかず、愚かな私は手を貸してしまったわ。でもまだ間に合うと思うの。私から金銭を奪おうとしたところで、私は銅貨一枚持っていないから――。奪うものが無い以上、罪は犯しようがないわ。どうか貴方たちを悪事へと惑わせてしまった私を許し、この場を立ち去って」

必死にエリタが訴えると、男達は一様に奇妙な顔をして沈黙した。だがすぐに互いに視線を交わし合い、どっと一斉に笑う。

「なぜ笑うの？　私の言葉を――」

予想外の反応に声が上擦る。意識が萎縮《いしゅく》し、思考が纏《まと》まらなくなった。

「おい、聞いたか？　俺たちを惑わせてごめんなさーいだとよ」

「ふっへへ。かーわいぃ。そうそう、俺たち惑わされちゃったからなぁ」

「許すとか無理だよなぁ。惑わされちゃってるからなぁ」

へらへらと笑いながら距離を詰められて、エリタの背中が壁についた。逃げなければいけないと、頭の中で警鐘《けいしょう》が鳴り響く。

視線を巡らせて逃げ道を探したが視界の隅に伸ばされてきた手が映り、反射で肩を引いた。

だが結果として左側にいた痩身《そうしん》の男に近づいてしまい、その背を強く突き飛ばされる。

「きゃっ」

大きくよろめいた体は、大男に抱きすくめられていた。乱暴な扱いなどされたことのないエリタにとって、遠慮のない力は恐ろしいの一言に尽きる。頼もしいはずの膂力《りょりょく》の差が自分を追い詰めるものに成り得るのだと初めて知り、エリタは悲鳴をあげた。

「いやっ、離して！」

離れようとしたエリタの体を、大男が無遠慮に抱きしめる。強く体を圧迫され、エリタは息苦しさに喘いだ。

「うひょー。すっげー良い匂いすんぞこのお嬢サマ。やーらけぇ」

「やめっ、やめてくださいーーっ」

「残念だったな、世間知らずなお嬢サマ。金が無くても、奪えるもんはあるのさ。俺たちはあんたに惑わされて罪人になっちまうぜぇ」

エリタは必死に藻掻《もが》いたが、大男の手は離れるどころかいやらしく尻を撫でてくる。嫌悪にぞわりと皮膚が粟立ち、足が竦んだ。

その隙に背後から近寄ってきた髭男の手が、うなじに伸びる。

「ーーっ、なに!?」

怯えに髪を揺らすと、ぷちと、何かが外れる感覚が鎖骨に響いた。背にあるフックを外されたことでドレスを脱がされようとしているのだとわかり、エリタの危機感がいや増す。

ここまでされて、自分が何を目的とした集団に絡まれたのかわからないほど子どもではない。

「やめてっ、なんて恐ろしいことをっ」

「やめて、だってよ。のこのこついてきたのはおめーだろうが。でも安心しろよ。俺らは悪党だが、約束は守るからよ。なぁ？」

周囲が一斉に下卑《げび》た笑い声をあげたが、エリタには恐ろしいばかりだった。

ただ必死に、この場から逃げなくてはと藻掻く。壁から引き離されたことで大きくたたらを踏んだことが功を奏し、エリタの履いていた靴のヒールが、大男の足の甲を踏みつけた。

「いってぇ！　このアマ！」

怒声に怯みながらも、エリタは拘束が緩んだ大男の腕を、力一杯振り払った。そのまま細道に飛び込もうとしたが、唐突に角から現れた人影に息を呑む。

懸命だっただけに勢いを殺せず、エリタはその人影に突っ込んでしまった。

反動で後ろに弾かれた華奢な体に、逞しい腕が絡む。転ばずに済んだことは良かったが、エリタはすぐさま男から離れようとその胸を叩くように押した。

「いやっ、離し——」

言葉半ばで、両手を摑まれる。拘束するような力にエリタは戦慄《せんりつ》したが、ぐいと引き寄せられ、耳元に男の唇が触れた。

「怖がらなくていい。俺はこいつらの仲間じゃない」

「――っ」

柔らかく甘い、優しい声だった。誘われるように見上げたエリタの視線が、一瞬で深い森色の瞳に囚われる。

その美しさに見惚れかけたエリタを我に返らせたのは、その瞳がエリタを映した途端、僅《わず》かな動揺をみせたからだ。

（……なに？）

動揺される理由をエリタは瞬間的に脳内で探ったが、答えを見つける前に男の意識がエリタから逸れてしまった。

困惑しているように見えた瞳は直ぐに厳しさを増し、奥にいる男達を睨みつける。

「女の悲鳴が聞こえると思って来てみれば……。ウジ虫共が。女を抱きたいなら口説くか娼館に行くかしろ」

「ふざけんな。その女が物欲しそうな顔でふらふら歩いてたから、俺たちが声かけてやったんだ！　てめぇに口出しされる謂《いわ》れはねえっ」

髭男の言葉に、男の視線がエリタに向く。事実を問う眼差しに、エリタは目を伏せた。己の浅はかさを告白する羞恥に、声がつい小さくなる。

「食事を奢《おご》ってくださると言われて……その、とても空腹だったので」

エリタが押し黙ると、男の手が宥めるように薄い肩に触れた。安堵させてくれようとする気遣いに、幾ばくか心癒される。

「彼女の無知がお前らを助長させたことはわかった。未遂だし、役所に突き出すのはやめてやる。見逃してやるから、さっさと失せろ」

エリタを背後に庇いながら男が告げると、「そうはいくか」と痩身の男が声を張り上げた。

「どっかでお前を見たことあると思ったら、娼館街だ。お前、女衒《ぜげん》か何かだろう！　俺たちの女横取って商売しようったって、そうはいかねぇぞ！　どうしても連れてくってんなら、金払え！」

「馬鹿なことを。俺は女衒じゃないし、お前達に金を払う義理もないっ」

男は言い分を切り捨てたが、痩身の男は引き下がらなかった。それどころかタダでは転ばぬという勢いで大男も髭男も加勢する。

「払わねぇってんなら、てめえが働いてる店突き止めて、悪評を流しまくってやる！」

「それだけじゃねぇ！　その女がどこの令嬢かも調べあげて、ひもじそうに庶民街うろついて物乞いしてたと言いふらしてやらぁ！」

「それが嫌なら金をだせ！」

悪意の塊のような言葉をぶつけられて、エリタは悲しくなった。大声も、その考えも恐ろしいばかりだったが、こんなにも心の貧しい者がこの世にいるのだと、心を痛めずにはいられない。

金で彼らの心が満たされるとは思えなかったが、生活の足しにはなるだろうと思い、エリタはうなじに手を伸ばした。そこにはクレオの手から唯一隠し通せた、母の形見があった。

美しい紅玉《ルビー》のネックレスは、売ればそれなりの値になるだろう。

エリタは断腸の思いで留め具のネジを捻ろうとしたが、それよりも先に、男が懐から取り出したものを地面に放っていた。

わめき立てていた男達の前に、ばさっと音を立てて一万ルピト札が散らばる。

男達は我が目を疑うように息を呑んだが、次の瞬間には札を奪い合うようにして地面に這いつくばっていた。

「信じらんねぇ！　百枚以上あるぞ！」

「おいっ、それは俺のだぞっ」

「ばかじゃねぇの！　返さねぇからなッ」

「煩い。とっとと失せろ」

男が一蹴すると、男達は一目散に路地裏から消えた。その目にはもう、エリタの姿など映ってはいないようだった。

金に執着する貪欲な姿がクレオとかぶり、追い詰められたときの恐怖が甦《よみがえ》る。やり方は違ったが、他者を貶《おとし》めることをなんとも思わない思考回路を、エリタはどうしても理解出来なかった。

恐ろしさと同じくらい虚しい気持ちが残ったが、エリタは深呼吸をしてから姿勢を正し、改めて男に向き合った。

頼もしい姿を正面から見据えると、自然と気持ちが切り替わる。

男への感謝だけで胸を満たし、エリタは微笑んだ。

「危ないところを助けてくれてありがとう。助かりました」

「いえ。それより、どこかお怪我はりませんか？　痛むところは？」

柔らかな眼差しと声に心配されて、エリタの肩からようやく強張りがとける。大丈夫だと答えようとしたが、急に脚が強く震えだしてエリタは息を詰めた。

「あ、あら……?」

「どうなさいました?」

「いえ、あの……体がっ」

戸惑う心とは裏腹に、震えは全身に広がっていく。理解出来ない体の反応にすら怯えてしまえば震えが止まるわけもなく、エリタは脚に力を入れることができなくなってしまった。心許ない体を支えるために、とっさに男に縋ってしまう。

申し訳なさに戸惑ったが、逞しい腕はしっかりとエリタを支えてくれた。

「……ごめんなさい」

「問題ありません。どうぞそのまま」

先ほどの大男とは大違いの優しい腕に、どうしてか心まで支えられたような錯覚を覚える。男の体温に癒されるような心地で、エリタは素直に体を預けた。

男らしい大きな手が、エリタの背に触れる。温かな手のひらは、エリタの震えが止まるまで、ずっと背中を撫でてくれていた。

父親の腕の中のように安心するのに、体の中心は緊張しているような、不思議な心地を味わう。

「――ありがとう。もう大丈夫よ」

体温を意識できるほど落ち着いてくると今度は恥ずかしくなって、男の胸元をそっと手のひらで押す。抵抗なく離れた温もりをどうしてか残念に思いつつ、エリタは改めて男と向き合った。

冷静に見つめれば、瞳だけではなく、その総てが美しい男だった。

すっきりと高い鼻梁に、形の良い薄い唇。しっかりとした顎のラインは誠実そうだし、そこから続く首すじには男らしい色気があった。夕陽にも染まらぬ漆黒の髪は艶やかで、その襟足は清潔感のある品《ひん》に満ちている。

仕立ての良い衣服や、仄《ほの》かに漂う香水の香りまでもが男に似合っており、その魅力を引き立てていた。

まるで王子様のようだと思ってしまってから、エリタはその発想に赤面した。そわついてしまった体を持て余すように、髪を揺らす。

「あ、あの。本当に、ありがとう。私はエリタ・サフィン。あなたの名前をお伺いしてもいいかしら？」

「セスです。セス・ケイヴェル」

「――セス。素敵な名前ね。その、助けていただいたお礼をしたいのだけれど――」

「礼なんてとんでもない。貴方《あなた》を暴漢の手から救えたというだけで、俺は神に感謝しています」

真摯な言葉は、エリタの胸を打った。久しく与えられていなかった優しさは、見る間にエリタの心に染みこんで、熱を孕《はら》んでいく。

味わったことのない高揚に高鳴る胸を、エリタはそっと手のひらでおさえた。

「ありがとう、セス。私にとっては、あなたが神様だわ」

「恐れ多いお言葉です。俺が神ならば、恐ろしい目に遭われる前に助けてさしあげられたはずだ。俺は——ただの一人の男です。貴方の美しい髪や体に暴漢が触れたのだと思うと、怒りで気が狂いそうだ。貴女の目がなかったら、俺は奴らを八つ裂きにしていたかもしれません」

「……そんな」

熱っぽい瞳で見つめられて、エリタはいたたまれなさにうつむいた。

たとえそれが義心からくる怒りだとしても、素敵だと感じている相手に情熱を向けられて、嬉しくないわけがない。

「ああ、いけない。エリタ様、急ぎましょう。もうすぐ日が暮れます」

言葉と共に差し出された手の意図がわからずエリタが戸惑うと、セスは柔和な笑みを浮かべた。

「こんなところをお一人で歩いていたということは、従者とはぐれてしまったのでしょう？　はぐれてしまった従者には申し訳ないが、貴方の安全が第一です。ご自宅まで、俺がお伴いたします」

「え、あ……」

一人では危ないから家まで送ってくれようとしているのだとようやく理解して、エリタの心がしくりと痛んだ。エリタは従者とはぐれてしまった令嬢ではなく、財産を乗っ取られた愚かな女なのだ。

屋敷に戻ったところで、その敷居を跨《また》がせてはもらえない。けれどそんなことをセスに説明するわけにはいかなくて、エリタは必死に言葉を探した。

「お気持ちは嬉しいけれど、同伴は不要よ。あなたにはあなたの用事がおありでしょう？」

「……卑しい身の上の男が同伴者ではお嫌かもしれませんが、貴方の安全のためですのでご容赦ください。すぐに馬車を拾いますので」

「違うわ！　あなたのような紳士を、卑しい身の上だなんて誰が思うものですか。私はそこまで愚かな女ではないわ」

セスが自らのことを卑しいと言ったことも衝撃だったが、自分がそう思っていると思われたことも切なくて、エリタの声は震えた。

傷ついたエリタの様子に気づいて、セスが僅かに身を屈めてくる。

「申しわけありません。貴方がそういう女性だとわかっていたのに、あまりによそよそしいことをおっしゃるので、愚かなことを言いました」

「……え？」

告げられた言葉の違和感に目を瞬かせたが、意味を問う前に再び手を差し出されてしまい、エリタは慌てて指先を重ねた。

羽根を運ぶようにエスコートされ、大通りに出る。目に止まった辻馬車へ案内されそうになったところで我に返り、エリタは足を止めた。

「あ、あの……詳しいことは説明できないのですが、私は……家には戻れないのです。だからどうか、この手をお離しになって。私と会ったことは、お忘れください」

「エリタ様……？」

「お願い。何も聞かないで。どこかへ行って」

成り行きで助けてくれただけのセスに、更に助けて欲しいと縋ってしまいたかったが、エリタはその衝動をぐっと堪えてうつむいた。

セスの善意が嬉しかったからこそ、これ以上迷惑をかけたくはなかったのだ。

そもそもが己の浅はかさが招いた事態である以上、この状況を受け入れ、エリタは一人で強く生きていかねばならない。

それが、両親から受け継いだ屋敷と財産を守りきれなかったエリタが受けるべき罰だ。

追い出され、さまよっていたこの一日、ただひたすら誰かに助けて欲しいと思っていたエリタだったが、いざこうして助けてくれる者が現れると、すぐさまそこに縋りたくなる己の甘さが情けなくて堪らなかった。

「エリタ様」

「やめて、様なんて……私、もう、そんな立場にいる女ではないの」

「貴方は今、庶民だとでも言うのですか？」

「ええ」

「では、貴方をご令嬢として扱う必要もないと？」

「ええ、そうよ」

涙声で問いに答えると、羽根を支えるようだったセスの手が、ぎゅっと強くエリタの手を握った。驚いて顔を上げると、豊かな木々の葉を映し込んだ、森の泉のような瞳がエリタを見つめていた。

「……セス？」

「エリタ様が……いや、エリタが令嬢ではないのなら、俺は俺の姫君として、君を扱おう。

事情は聞かない。だから、俺とおいで。君の涙を、他の誰にも見せたくない」

エリタの何を知っているわけでもないだろうに、どうしてこんなにも優しくしてくれるのか。

仄かな疑問を抱きつつも、エリタは強く握られた手を振りほどけなかった。


連れて行かれたのはまさしく娼館街で、エリタは猥雑《わいざつ》な雰囲気に気後れしながら、セスに手を引かれるまま歩いた。

この街《ルタシュ》はこの国最大《ディコール》の面積を有しているので、娼館街もかなりの規模がある。その上、領主であるディシュフェルド侯爵が大の女好きでもあることから商売がしやすく、夜ともなると相当な賑わいを見せる場所でもあった。

娼館街の入り口を示す門からして、気合いが入っている。下部に女性の腰のようなくびれのある独特な形状の門柱は、百年ほど前に流行した典型的なエルヴィナ様式だ。表面には特殊な塗料が塗り込まれ、細やかに彫り込まれた蔓薔薇《つたばら》を虹色に煌《きら》めかせていた。

その門から一歩でも奥へ踏みこめば、夜の蝶に群がる男達の欲望で溢れかえる異世界となる。

あられもない格好で店の前に立つ女性や、酔っ払って肩を組む男達。目に入るもの総てがエリタにとっては未知の世界で、目が回りそうだった。

独特で濃密な気配に倣《なら》うように、エリタに向けられる視線にも野卑なものがときおり混じる。それに怯えて身を竦めると、必ずセスが強く手を引いてくれた。

それだけで、守られている心地に酔わされる。セスに庇護されている頼もしさに、エリタは微かに唇を綻《ほころ》ばせた。

通りの中程に来ると再び立派な門があり、橙《だいだい》色に塗られた扉があった。

翼のように左右に開かれた扉の前には門番らしき男達がおり、セスが軽く挨拶すると、厳しく引き締められた表情はそのままに、慇懃《いんぎん》な礼を返してくる。

セスに連れられるまま、恐る恐るエリタが扉をくぐると、またしても場の雰囲気ががらりと変わった。

淫猥《いんわい》であることにかわりはないのだが、その中に品のようなものが混ざっている。エリタに不躾な視線を向ける者達などおらず、どことなく優雅な空気があった。

店構えから通りを歩く客、出迎えに現れる娼婦の身形《みなり》までもが、質の良さを感じさせる。

この通りが娼館街の中でも格上の区画であることは、エリタにもわかった。

　同時に、娼館街で働いているらしいセスの身形がきちんとしていることにも、納得がいく。

（……でも、どうしてこんなところに？　ここはセスにとって、仕事をする場所よね）

　微かな不安が脳裏を過《よ》ぎり、エリタは問いを口にしようとしたが、セスが足を止めたことで機を逸してしまった。

「こっちへ」

　促された先には、立派な門があった。導かれるままに踏み入ると、美しい人魚姫が中央に座す噴水が涼やかな水音をたてて出迎えてくれる。

　レンガが敷き詰められたアプローチは人目を遮るように木々が生い茂っており、密やかな夜の気配に満ちていた。

　水に一滴墨が混じるような不安を抱えつつ奥へ進むと、真っ白な壁が視界いっぱいに広がる。五階建てのホテルのような外観は、とても娼館には見えなかった。

　ガス灯の仄かな灯りを辿るように視線を移動させると、前方から娼婦らしき女が歩いてくる。思わず見つめたエリタの視線と、女の視線が絡んだ。

　女はあらという顔で首を傾げながら、セスとエリタを交互に見やる。擦れ違い様、同情顔で「ようこそ、フロラシオンへ」と囁かれて、エリタは戦慄した。

不安を増長させられる誤解に、思わず振り返ってしまう。

「ちが――」

「エリタ？」

違う、私は売られてきたわけじゃない。

そう否定しようとしたが、セスに腕を引かれて言葉が詰まる。真っ直ぐな瞳を縋るように見返すと、セスは微かに口端を上げた。

「君には刺激が強い場所かもしれないが、これも一つの社会だよ」

「……私は、好きではないわ」

女の体を金銭でやりとりするなど、エリタからすれば浅ましいの一言に尽きる。

初めて女性が肉体を売る仕事があることを知ったのはいつだったか。女学院でそういう仕事をしているという噂のある子がいたからだったか、新聞で娼婦が殺される事件の記事があり、母に尋ねたときだったか――それはもう思い出せないが、とても衝撃的な現実だとエリタは思った。

嗜みだと、いつかの夜会で男達が話しているのを聞いたこともあるし、若い男と寝るのが楽しいと語っていたマダムもいたが、エリタは違うと信じたかった。

それは愛を確かめ合う行為であって、快楽を追求する遊びではない。

（それに娼婦は、あの人たちとは違う）

その大半が、借金に縛られているか、身売りをしなければ生きていけない女たちだ。

「エリタ。君が優しいのはわかるが、彼女たちを憐《あわ》れむのはやめたほうがいい」

どこかへ続く渡り廊下に出たところで不意に告げられて、エリタは思考を止めた。

セスを見上げたが、視線は前を向いたままだ。何を見ているのかと視線を辿ると、廊下の先に二階建ての家屋があった。壁の色や造りが似ているので、別館か従業員用の住居だろうかと推測する。

「彼女たちは、憐れまれるためにここにいるわけではない」

「でも、憐れだわ」

「靴すら汚さない君の憐れみは、泥を啜《すす》って生きている者達に対する侮辱だ」

厳しい言葉に、エリタは声を失った。同情や憐れみは、美徳であって蔑まれるべき感情ではない。

「私はそうは思わないわ。憐れな人を憐れまないなんて、それこそ人として最低よ」

「じゃあその憐れな女達を男達にあてがって、金銭を得ている俺のことはどう思う？」

「……え？」

不意に話題をすり替えられて、目を瞬かせる。

なぜ急にそんなことを聞くのかと思ったが、エリタがここに連れてこられた本当の意図が隠されている気がして、どっと心臓が不安に高鳴った。

路地裏で痩身の男が叫んだ言葉が、不意に脳裏に甦る。

（わ、私……助けてもらったのよ、ね？）

エリタは内心で激しく動揺していたが、そんなことには気づきもせず、セスは答えを促した。

「彼女たちを憐れむんだから、俺のことは最低ってところかな」

「……そ、そうは思わないわ」

「思わない？　どうして？」

相手の望む言葉を察して答えられたらと思っても、エリタにはそれがわからなかった。だから思ったことを口にするしかないのだが、その答えが何かを決めるのではと疑心暗鬼になったエリタは、必要以上に緊張して声を強張らせた。

「私個人としては、娼館という存在自体を忌避《きひ》しているけれど、肉体しか売る物が無い彼女たちに、売る場を与えてくれているのも確かだもの。それは彼女たちにとっては、生きる希望なのかもしれないから」

「……君の言葉でなければ、綺麗事だと嗤《わら》うところだな」

柔らかな声でそう告げると、セスがエリタの手を握る力をふっと緩めた。見放されるような錯覚に恐怖を覚えて、息を呑む。

縋るようにエリタが顔を上げると、セスは別館の扉を開けていた。手を離された理由が己の発言にあったわけではないと知り、安堵する。

「ようこそ俺の家へ。といっても、間借りさせてもらってる場所だけどね」

二階に上がり、突き当たりの一室へ案内される。エリタはセスに頷きながら、部屋を見渡した。

(考え過ぎよ。彼は私を助けてくれたのに、疑うなんて酷いわ)

そう自分に言いきかせて不安を深呼吸で追い出し、部屋に踏み入る。

シンプルだが、それなりに質の良い客室のようだった。

屋敷にある自室と比べたら雲泥の差だが、元からさほど贅沢に執着のないエリタに、文句などあるわけがない。

「嬉しい。私が使っていいの?」

「もちろん。質素で悪いが、君の気が済むまで何日でもいるといい」

「そんな、いつまでもお世話にはなれないわ」

「いいんだ。一人でうろつかれて、また危ない目に遭われるほうが困る」

「……でも、そこまでしてもらう理由がないわ」

「なにを言ってるんだか。ないわけないだろ？」

「え？」

助けることは当然だと言わんばかりに即答されて、エリタはベッドの弾力を確かめていた手を止めた。

言葉には善意だけではない、もっと親しい絆のようなものが含まれていた気がして、セスをじっと見つめる。

「どうした？」

「セス、私、あなたと――」

どこかで会ったことがあるのかと続けようとした言葉は、盛大に鳴ったエリタの腹の音によって遮られた。

互いに瞠目したまま見つめ合ったが、エリタの頬がみるみる熱を持つ。

あまりの恥ずかしさに指先が痺れ、軽い眩暈《めまい》を伴いながらエリタはうずくまった。

「や、やだ――、私ったら！」

「そういえば、空腹だと言っていたな。時間もちょうどいいし、夕食にしよう」

肩に手を置かれて促されても、エリタは強く首を左右に振った。微笑ましそうなセスの態度が、余計にエリタを追いつめる。恥ずかしくて、とてもじゃないが顔をあげられなかった。

それでもセスに根気よく説得され、エリタは顔を両手で覆ったまま食堂へ移動した。

昨日ぶりの食事は、エリタに羞恥を忘れさせるほど美味だった。腹が空いているからだとセスは言ったが、エリタはそうは思わなかった。

出された料理は確かに豪華ではなかったが、エリタが屋敷で食べていたものとの差違は殆《ほとん》ど感じなかったのだ。少なくとも、素材の質は同等だろう。

(孤児院に視察に行かせてもらったときに頂いたスープは、味がしなかったもの)

他に比べるものがエリタの中に無かったのもあるが、その差はあきらかだ。

少なくとも、この娼館が相当金銭的に裕福であることがわかり、エリタは安堵した。

儲かっているということは、娼婦もそれなりの待遇を受けられているということだ。

思い返してみれば、何人か目にした娼婦は皆、肌の色艶が良く、健康そうだった。

「着替えを用意しておくから、奥にあるバスルームを使うといい」

「本当!?」

部屋に戻るなりそう告げられて、エリタは喜色を隠せなかった。セスを振り返った顔がよほど嬉しそうだったらしく、苦笑される。

恥ずかしさに、エリタは両頬を手で覆った。

「ご、ごめんなさい。嬉しくて」

「女の子だもんな」

赤面して身を縮めたエリタの肩を、ぽんとセスが気安く叩く。それはとても親しみのある仕草のような気がして、エリタははにかんだ。

「ありがとう。……お言葉に甘えさせていただくわ」

「俺は仕事に戻るが、夜にまた来るよ。ホットワインは好きか？」

「ええ」

エリタが頷くと、セスは微笑みを残して部屋を後にした。

セスが去ってから、エリタはさっそくバスルームを利用させてもらった。

追い出されてからずっとエリタを嘖《さいな》んでいた不安が、温かなシャワーによって少しずつ流されていく。

髪も体も徹底的に洗い上げ、エリタは幸福な気持ちでバスタブに身を沈めた。

「……はぁ、っ、気持ち良い」

良い匂い、温かいと呟いては吐息を零し、湯を掬《すく》って遊ぶ。

けれど差し迫った危機感が通り過ぎたことで、向き合わなければならない現実が頭をもたげてきてしまった。

（……そうだわ。私、結局セスを頼ってしまったのよね）

己が犯した過ちの対価として、一人で生きていかなければならなかったのに、結局は善意によって空腹は満たされ、こうしてバスルーム付きの部屋まで与えられている。

エリタに知識と力がなかったばかりに、不当解雇されてしまった屋敷の使用人達は路頭に迷っているかもしれないというのに――。

（でも、セスの善意を無下にも出来なかった）

エリタを助けようとしてくれたセスの眼差しは真摯で、握られた手は温かかった。

信じていたクレオに裏切られ、傷ついていたエリタの心に、彼の優しさは魅力的すぎたのだ。

それも王子様のような容姿をした青年が、エリタの危機に現れて救ってくれたのだ。

若い娘であるエリタが、心揺さぶられるなと言う方が無理な話だろう。

一人で生きて行くにしても、エリタは世間をあまりに知らなすぎる。それ故に、いずれは必ず、誰かの手を借りなければならなかっただろう。

今日のセスとの出会いは、その助けを乞うべき相手が、捜す前に向こうから現れてくれただけ――。そう思うことは簡単だが、幸運だったで片付けるわけにはいかないとエリタは唇を嚙み締めた。

　こうして衣食住を与えられて初めて、自分はそれをどうやって手に入れようとしていたのかとエリタは考え、その答えを欠片すら持っていないことに気がつく。

　実際、金がなくて食事が出来なかったエリタは、どうしたらいいかわからなかった。

　エリタに出来たことと言えば、美味しそうな匂いに誘われて、商店街をうろつくことだけだ。

「……お金を稼がなければならないことはわかっても、稼ぎ方すら知らないわ」

　女学院で社会の仕組みを学んだので知った気になっていたが、エリタは実用的なことには何一つ触れたことがない。

　己の考えの甘さを、痛感せずにはいられなかった。

　どうにかなると思っていたが、どうにもならないのだ。今までは周囲の人間にどうにかしてもらっていたのだと、思い知らされる。

「私……セスに助けてもらっていなかったら、どこで眠ったの？　お風呂は？　食事だって、きっと食べられなかった」

　朝と昼を抜いただけであれほどの空腹を味わったのだ。一日、二日と何も口にできなかったらと思うと、エリタは恐ろしさに身を震わせた。

セスからもたらされた幸運に、心の底から感謝する。同時に、己が無知であることを自覚し、たくさんのことを学ばなければと決意もした。

「でもまずすべきことは、お礼よね。夜になったら、彼のために私ができることを相談してみよう」

恩に報いるには、彼が望むものを知らなければならない。

不思議と、それを考えることはエリタの心を春風に揺れる花のように穏やかにした。

## 2

夜になると、約束通りセスはホットワインと陶器グラスを二つ持ってエリタの部屋を訪れた。

笑顔で招き入れ、椅子を勧める。互いにグラスを満たし合ってから、軽く乾杯した。

「おいしい。甘いわ」

「甘いほうが好きだと思ったからな」

「ありがとう。……その、色んな意味で、本当にどう感謝したらいいか」

緊張気味にエリタが告げると、セスの瞳が優しく微笑む。

ことりとグラスがテーブルに置かれ、空になったセスの手が、膝で握られていたエリタの手に重なった。

ひくりと指先が跳ねたが、握られても抵抗する気が起きない。驚きはすぐに高揚にかわり、セスに触れられる喜びに心臓が高鳴った。

こんな感覚をエリタは初めて味わったが、悪い気はしない。セスの微笑《びしょう》につられてエリタが微笑むと、セスはどこか困ったように眉尻を下げた。

「君はなんて無防備なんだろう。手を握ってきた男にそんなふうに微笑むなんて……。押し倒されても文句は言えないぞ」

「えっ」

どこか甘ったるい声音にエリタのうなじがぞくりと痺れて、体が緊張する。急に目の前にいる存在が異性なのだと強く意識させられて、エリタはぎこちなく瞬きを繰り返した。

「エリタ。俺の名を呼んで」

どうしてと思いつつも、エリタは素直に従った。

「……せ、セス？」

「もう一度」

「…………セス」

ただ名前を呼んでいるだけなのに、とても恥ずかしいことを言わされている気がして、エリタの頬が熱を持つ。

ワインの手助けもあり、耳までもがじんと痛んだ。

「あの、……ごめんなさい。よくわからないけれど、恥ずかしいわ」

「そうか？　俺は嬉しい。俺の名前を、君の唇が紡《つむ》いでくれる日が来るなんて、正直思っていなかったんだ」

「ど、どういう意味？」

「ん？　もしかして、いつかは君から俺を訪ねてきてくれるつもりだったのか？　俺が娼婦の子で、娼館で働いてると知っていたのに？」

セスの言葉に、エリタは胸中で疑問符を浮かべることしかできなかった。彼が言うことが上手く理解出来ない。

「真っ直ぐで純粋な君らしいけど、実際にそんなことをしようとしたら止められていただろうね。サフィン家のご令嬢が、男に会いに娼館へ行くなんて言語道断だ。絶対に有り得ない。――だから、今日は本当に驚いた。君の声が聞こえたのはたまたまだったんだ。君も俺が現れて、驚いたかい？」

「……え、あの」

「君の危機を救う役を与えてもらえたのは、今までの努力が神様に認めてもらえたからかな？　君はどう思う？」

握られた手が引き寄せられ、指先にセスの唇が触れる。

心から愛おしそうに見つめられて、エリタは奇妙な罪悪感に声が震えるのを止められなかった。

「せ、セス、あの」

「ああ、どうしよう。明日も明後日も、君の瞳に俺が映るのを確かめたい。その声で名前を呼んで欲しい……。家出した原因は知らないけれど、君をずっとここに閉じ込めてしまいたいよ」

「家出じゃないわ。私、屋敷を追い出されたの」

ようやく答えられる話題を出されて、エリタは思わずそれに縋ってしまった。けれどエリタの言葉を聞いた途端、セスが瞠目して立ち上がる。

「追い出された!?　どういうことだ？」

「私が、愚かだったの……両親を失った私の後見人となってくださった叔父様は、最初から屋敷と財産が目当てだったのよ。知らないうちに、書類を総て書き換えられてしまっていて……」

「馬鹿なッ。そんなこと、許されるはずがない！」

あまりに必死な様子に、エリタは気圧されて返事をすることができなかった。同時に、その必死さに強い違和感を感じて、セスに恐れを抱く。

知り合いのように振る舞われているが、エリタはセスを知らない。

先ほどからずっと記憶を探っているが、今日路地裏で出会うまで、エリタは目の前の男に見覚えなどなかった。

そもそもこれほど美しい男を一目見ていたなら、忘れるわけがない。

そう思った途端、エリタの中で、セスが親切な青年から得体の知れない男になった。

「エリタ、今すぐ役所へ行こう。夜勤の職員では心許ないが、訴えは早いほうがいい」

ぐいと腕を引かれて、エリタの腰が椅子から浮く。

「無理よ。私が無知だったせいで、叔父の手元にある書類や契約書に違法なものはないの。私がいくら騙されたのだと訴えても、譲渡した後で気持ちを変えたのだと思われるだけだわ」

「なら直接屋敷へ行く！　君の幸せを奪う者は、誰一人として許さないッ」

「きゃっ」

強引に腕を引かれて、エリタの体がテーブルを掠める。その震動でグラスが倒れ、転がるままに床で砕けた。

「っ、すまない」

赤い飛沫が、エリタのネグリジェに染みを作る。それがじわりと広がると、エリタの不安もいや増した。そこが限界だった。

腕を摑む強い力に怖れを感じ、エリタはセスの動きに逆らった。

「離して！　私はあなたなんて知らないわッ」

エリタが怖れるままに叫ぶと森色の瞳が大きく見開かれたが、それはすぐに引き絞られた。酷薄な眼差しに射貫かれ、エリタの背すじがぞっと冷える。

「……せ、セス？」

声に怯えを滲ませたエリタに、セスの大きな手が伸ばされる。エリタが得体の知れない恐怖に身を竦めると、肩を強い力で突き飛ばされた。

「いたっ」

倒れた椅子に足を掬われた体は勢いよく後ろに倒れ、そのままベッドに沈む。起き上がろうと身を捩ったエリタの耳に、ぎし、と床を踏みしめる音が妙に響いた。

ぎこちなく視線を上げると、セスの瞳が、静かにエリタを見下ろしていた。

その光景の異様さに、ごくりと喉が鳴る。

「知らない？　俺を……？」

「セス、お願い。落ち着いて」

重苦しい雰囲気のせいで心拍数は跳ね上がっていたが、エリタの体はセスの視線に縛られてぴくりとも動かなかった。

傷つき、打ちのめされたような表情のまま、伸ばされた手がエリタの頬を包む。

「……本当に？」

「お、思い出せないの」

セスの声が死人のようで、「知らない」ともう一度言うことがエリタにはできなかった。

それでも、意味は同じだ。

セスが何かを堪えるように、ぎゅっと目を閉じる。震える手が、エリタの首すじを滑り、肩にかかった。

「俺はずっと、君を幸せにするためだけに生きてきたのに――。君は俺のことなど、綺麗さっぱり忘れていたのか」

その眦《まなじり》にきらりと光るものが滲み、エリタははっと息を呑んだ。その動きに反応したかのように、セスの瞳が見開かれる。

「人違いじゃ――」

「黙って。これ以上、俺を傷つけないでくれ」

「――っ」

肩を摑んでいた腕にぐっと力が込められ、気がつけばエリタはセスに押し倒されていた。覆い被さってくる男の体の重みに、ざわりと皮膚が粟立つ。

「俺だっていつまでも子どもじゃない。大人になって、互いの立場の違いと現実を知った。だから俺は、君を見守ることを選んだんだ。君も同じように、俺のことを心の隅に置いてくれているだろうと、信じていたから」

「セス、退いて——痛いわ」

鼻が触れる距離で、暗い眼差しを注がれる。エリタの声が怯えに震えていても、覆い被さっているセスの体の重みは変わらなかった。

語られる言葉の意味はわからずとも、そこに込められている激しい怒りと劣情の気配は、抗いようもなくエリタの体に染みこんでくる。困惑を持て余したまま、エリタは必死に左右を見渡したが、己を助けてくれそうなものは見当たらなかった。

「いつか誰かと結婚するとき、俺のものになれないことを君が悲しんでくれるなら、それで十分だと思っていた——。なのに、心の欠片すら俺のものじゃなかったなんて」

自嘲に歪んだ唇が、エリタの首すじに押しつけられる。そこを強く吸われて、エリタは身を捩った。

「やめてセス、なにするの」

「なにって、君を抱くんだよ。二度と忘れられないよう、心にも体にも俺を刻みつけないと」

嘘や冗談ではないのだと、体を押さえつけてくる力が示している。愛情と優しさで行われるものだと信じている行為を、怒りと欲望を剝き出しにした男に迫られて、エリタの体はガタガタと震えた。

「いや、いやよ……やめてっ」

「やめない」

抵抗に突き出した両腕は容易く摑まれ、肩に羽織っていたストールで一纏めに縛られてしまう。

そのまま頭上で押さえつけられ、エリタの唇はセスのそれに奪われた。

「っ！　んんっ――ッ」

顎を摑まれ、強引に開かされたエリタの口内に、熱い舌が滑り込んでくる。淫らなぬめりからエリタは必死に逃れようとしたが、角度を変えるごとに深くなるくちづけは、それを許しはしなかった。

恐怖に胸中を埋め尽くされ、強張った体はエリタの言うことをきいてくれない。頰と口端に触れるだけの、優しいものしか知らなかったエリタは、己を吞み込もうとでもするかのような激しいくちづけに呻《うめ》くことしかできなかった。

「――っ、ッ、ぅ」

強引に舌を搦《から》め捕られ、強く吸い出される。

セスの口内から逃げだそうとすると舌先に強く歯を立てられて、エリタの体はびくんと跳ねた。

（こわい、怖いわセス……やめて）

声を出せない代わりにエリタは涙目で訴えたが、セスの手は薄いネグリジェの上を這い、勢いよくたくし上げていく。腰まで露わになると、裾から入り込んだ指先が脇腹を撫で上げ、エリタの豊満な胸を鷲掴んだ。

「や、あっ――いたっ」

大きく背が反ったせいで、エリタの唇が解放される。だがそれに安堵する暇もなく、指の隙間に挟まれていた桃色の先端を口に含まれた。

「やっ、やっ――ぁっ」

信じられない場所を咥《くわ》え込まれて、羞恥に目の裏がじんと痛む。乳輪ごと吸い上げるように唇で揉まれて、エリタは恥ずかしさと恐ろしさに脚をばたつかせたが、セスの口はそこから離れなかった。

舌で搾るように扱かれると、柔らかかったそこが弾力を増していく。抵抗に揺れたもう片方の乳房も摑んで揉まれ、乳首を埋め込むように爪を立てられた。

「やぁっ、いた、いたい――――ッん」

掘り起こすようにくじられ、右の乳首も硬くなる。あまり意識したことのない体の反応も恐ろしく、エリタはとうとう眦から涙をこぼした。

「やめ、やめて。おねが……痛いわっ」

恐怖や羞恥が綯《な》い交《ま》ぜになった声でエリタは訴えたが、セスの両手は敏感な先端を弄《もてあそ》ぶ。強く捻られた痛みに、エリタは背を大きく仰け反らせた。

「あ、あっ！」

ビリッとした鋭い痛みの奥で生まれた何かが、エリタの尾てい骨を疼かせる。淫らな疼痛に、エリタの手のひらにじわりと汗が滲んだ。

心とは異なる体の反応を持て余すエリタを見下ろしながら、セスがゆっくりとシャツのボタンを外していく。露わになった逞しい肉体に、己との違いを突きつけられて、エリタは萎縮した。

二の腕から脇にかけてをゆっくりと指先で辿られ、エリタは息苦しさに喘ぐような浅い息を繰り返す。

「セス、やめて……こんなこと」

「やめないよ。俺はね、君を虐めたくて堪らないんだ。犯して、穢《けが》して、今度こそ本当に、君を俺のものにする」

仄暗い欲望が滲む眼差しは恐ろしく、エリタの身が竦む。惑乱した頭ではどうしたらいいかわからなくて、エリタは首を緩く左右に振った。

「抵抗していいんだよ、エリタ。抵抗して、抵抗して、それでも逃げられないことを覚えるといい」

「――っ」

恐怖を煽られては、じっとしてなどいられない。エリタはどうにかして逃れたかったが、セスの力は圧倒的だった。

暴れるエリタの両脚から下着が抜き取られ、無防備なそこに指が這う。

「やっ、そこは、そこはいやっ」

エリタは拘束されている両腕を振り下ろして肩を殴ったが、セスは薄い笑みを浮かべただけで腕を頭上へ押し戻した。本当に、エリタの抵抗など歯牙にもかけていないのだと思い知らされて、幾ばくか心が萎える。

途端に体に力が入らなくなり、エリタはただ涙をこぼした。

「セス……おねがい、やめ――っ、んぅ」

懇願を阻むように唇に噛みつかれて、下唇を思い切り吸われる。痛みと痺れに肩がびくりと跳ねたところで、下肢の割れ目に指が押し込まれた。

「あっ――っ、やっ」

異物感と恐怖に体が緊張し、きゅっとそこが引き攣《つ》る。

締め付けたせいでセスの指がそこに押し込まれていることを如実に感じ、エリタは瞳を見開いた。

初めて味わわされる感覚に、心臓が痛いほど拍動する。呼気の塊が喉に詰まったような苦しさに、エリタは喘《あえ》いだ。

「やっ、セス、だして……っ、痛いわ」

「痛くていいんだよ。そのほうが、忘れないだろう?」

至極当然のように囁かれ、怖ろしさから呼吸が上手くできなくなる。エリタは必死に脚を閉じようとしたが、セスの腰に阻まれていては無理だった。

セスの長い指が奥まで押し込まれ、中をかき回す。乱暴ではないが優しくもない動きで何度も出し入れされ、不意に二本に増やされた。

肉壁《にくへき》を押し広げるように指を動かされ、指の関節が白くなるほど拳を握りしめる。

「っ、あっ、あっ！」

引き攣るような痛みと圧迫に、エリタの目尻から涙が零れた。その涙を、興奮に熱を持ったセスの唇が吸い取る。

「可愛い、エリタ。俺がすることに反応している君は、すごくそそる」

欲情の滲む甘い声に鼓膜を犯され、身を竦める。

エリタはもう何度目かわからない懇願を口にしようとしたが、指を奥に押し込まれたまま敏感な肉芽《にくめ》を親指で弾かれて、びくっと腰を跳ね上げた。

「あっ!?」

背すじを電流のように突き抜けたそれはエリタの思考を奪い、吐き出す息が震える。

その感覚に戸惑う間は与えられず、二度、三度とぬめりを帯びた指に擦られ、エリタはびくびくと内腿を痙攣させた。

「あっ、あっ、――や、なにっ」

「気持ちいいのか？　すごく濡れてきた」

肉芽を刺激しながら、二本の指が出し入れされる。その動きは次第に激しくなり、ぐちゅぐちゅと淫らな水音をたてはじめた。

混乱に押されていた羞恥が再び湧き上がり、エリタの神経を強張らせる。けれどそれはむしろ体の感度を高め、エリタは爪先でシーツを掻いた。

尿意にも似た焦燥に恐れと戸惑いが混じり、エリタをさらに混乱させていく。

「や、や――だめ、あっ、アッ」

「エリタは淫乱だな。初めてなのにこんなに感じて」

「ちがっ――んんッ」

指で中の愛液をどろりと掻き出され、腫れて熱を持った淫唇《いんしん》にぬりたくられる。その指先はエリタの柔らかな内腿を這って膝裏に回り、ぐっと股を開かせた。

あられもない格好で晒された秘部は、散々嬲《なぶ》られせいで淫らにひくついていた。セスの視線を強く感じ、エリタの脚が震える。

「や……みないで」

「どうして、こんなにやらしくて綺麗なのに」

ねっとりと手のひらで撫でられ、ぬめりを纏った指先が陰毛を濡らす。恥ずかしさにエリタは身を捩ろうとしたが、覆い被さってきた逞しい肉体に容易く押さえつけられてしまった。

首すじに這わされた舌が、エリタの汗を舐め取っていく。見た目の黒さとは裏腹に柔らかな髪にも皮膚を撫でられて、エリタのうなじがざわめいた。

「っ――んっ、や、ぁ」

膝を閉じようとするたびに、強く押し開かれる。

セスの熱く浅い呼吸と僅かな布擦れの音が妙に耳について必死に視線を向けると、屹立した男性器がエリタの視界に入った。

初めて見る物体に、純粋な恐怖が湧き上がる。

「セス、セス……やめて」

怯えに掠れる声でなけなしの抵抗をしようとしたが、ぐっと膝を抱え上げられてしまった。想像以上の生々しさで行われている行為に心がついていけず、一方的に与えられる辱めにエリタの体が震える。

「だめよ……それは、だめ……っ」

腿を押し広げていく腰の中心にある昂ぶりが、エリタの蜜口に触れる。そこに性器を押し込まれるのだという知識はあったが、こんなにも大きなものだとエリタは知らなかった。指一本でも痛かったのに、それの何倍もある塊を押し込まれたらエリタは壊れてしまう。

ふくれあがった恐怖から、エリタは激しく首を振った。

「むり、無理よッ――そんなのはいらなっ」

「エリタ、君は俺のものだ」

膝裏を押さえる指先に力がこもり、下肢にぐっと体重がかけられる。

緊張に強張っていたエリタの体は僅かに抵抗したが、セスの熱杭《ねっくい》は体を縦に裂くような痛みを引き連れて秘部にめり込んだ。

「っ、や、むり……むりぃッ……おっき……ッ」

信じられない質量が、容赦なくエリタを犯していく。奪われていく恐怖に息が引き攣り、エリタは喘いだ。

「ひっ、ぁ、ぃっ、やっ、いた――いたぃッ」

最も張り出した部分に押し開かれる痛みにエリタが四肢を強張らせると、宥めるようなくちづけが目尻や口端に落とされる。

思わぬ優しさに抜いてくれるのかとエリタは期待したが、セスはエリタを軽く揺さぶった。

「あっ、あ！」

「痛いか、エリタ。だが、それを味わってくれ。俺が君を犯してる感覚を、この小さく柔らかな体に刻みつけるんだ」

残酷な甘さで、セスが囁く。

膝から外された両手が涙でぐちゃぐちゃのエリタの頬を宥めるように撫でるが、与えられる痛みは終わらない。セスの腰は小刻みにエリタを揺さぶり、少しずつその凶器を呑み込ませていった。

「ぁ、あ……あ、ぐっ――ぅ、うっ」

瞬きを忘れたエリタの瞳に、恍惚としたセスの顔が映る。エリタはこんなにも苦しいのに、セスは気持ちがいいのだ。

それとも、苦しむエリタを見て快感を得ているのだろうか。そう思わずにはいられないセスの態度に、エリタの心が踏みにじられていく。

「いたい……やめて……セス、やめて。こんなの……間違ってるわ」

エリタは掠れる声で必死に訴えたが、セスはその飴色の瞳をじっと見下ろすだけで動きは止めない。

「……やめて」

「もう遅い。君は俺に奪われたんだよ」

じんじんと痺れている下肢を持て余したエリタの唇に、セスのそれが触れる。

「全部はいった。ほら。わかるか？」

密着した腰を緩く揺すられて、エリタは息を詰めた。零れる涙もそのままに、両腕で顔を覆う。

確かにエリタは、セスに奪われてしまったのだ。

それも一方的に、力尽くで。

その絶望に浸る間もないまま腰を強く押しつけられて、エリタは叫んだ。

「ぁっ、セス、いや、いやよ。――ッ、ぬ、抜いて」

「どうやって？　離そうとしないのは君だ」

ぎっちりとセスを喰い締めている結合部を指先で辿られ、エリタの腰が跳ねる。反動で大きく揺れた乳房に、セスが貪りついた。

「あぅっ」

皮膚を濡らす汗を啜るようにして肉を食まれ、唾液に濡れた先端が舌で弾かれる。堪らずにエリタが体をうねらせると、セスの腰が再び動き始めた。

「や、だめ――っ、うごか、ないでっ」

「無理だ。エリタの中は熱くて気持ちが良い。我慢できない」

突き上げられる痛みに体が強張ると、結果的にそこを締め付けてしまうらしく、ときおりセスが気持ちよさそうに呻く。

何度も穿《うが》たれているうちにエリタの中にも苦痛だけではない何かが湧き上がってきて、あがる悲鳴がときおり嬌声になった。

自分の体にまで裏切られて、いよいよエリタは自分が何をされているのかわからなくなっていく。

「あ、ぁっ――はっ、やぁ、あぁ！　――ッ、ッ」

鼻に掛かるような声が嫌で、腕を拘束しているストールを噛む。しかしそれはすぐにセスに気づかれ、解かれてしまった。

「声をちゃんと聴かせるんだ。顔も隠すな」

「あっ、ぅ、アあ！」

ストールから解放された腕はすぐに摑まれ、シーツに押しつけられる。

「あっ、あ、やっ……痛いッ……いたっ……ああっ、やめて」

「嘘だな。なか、すごくうねってるぞ」

言うなり腰を回され、中をかき混ぜられる刺激にエリタは足の爪先を強張らせた。それが快感なのか、痛みなのか、混乱している頭では識別できない。

思考を阻む淫らな波はどんどんとエリタの心を満たしていき、与えられる刺激に肉体が反応していた。

「あっ、あっ、あ――ッ」

「はぁ、エリタ――エリタ。中にだすぞ」

うっそりと告げられた言葉に、理性が瞬間的に覚醒する。エリタは否定の言葉を口にしようとしたが、背に回った腕に強く抱き寄せられた反動で声が喉に詰まった。

上に逃げることができなくなったエリタの奥深くを、セスが強く穿つ。

激しい摩擦にひりつく肉が奥深く埋め込まれるたびに、エリタの肉体に紛れもない快感が突き抜けた。

「ひっ、あっ、ぁ、んっ、だめっ、だめっ——ッ」

エリタは必死に抗おうとしたが、セスから与えられる官能に喘ぐことしかできなかった。

密着した胸元から、セスの激しい鼓動を感じる。気がつけば、エリタは夢中でセスの背にしがみついていた。

快感と恐怖が表裏一体となってエリタに襲いかかり、何かに縋らずにはいられなかったのだ。

せり上がってくる快感の捌け口を求めて、肩口に噛みつく。痛みに反応したセスの体が一瞬強張ったが、律動は緩まなかった。

そしてそれは唐突に止まり、びくびくっとセスの腰が痙攣する。

奥深くに熱い飛沫を注がれた瞬間、エリタの思考が白く弾けた。突き抜けるような放心に、紛れもない快楽が存在している。

中で射精されたことにエリタの心は震えたが、唇からは上擦った喘ぎが零れ、絶頂に痙攣する肉壁はセスの性器を締め付けていた。

自分の体が自分の物ではないような恐怖にエリタが身を竦めた瞬間、セスにぐっと腰を抱き寄せられた。

「っ、エリタ――、全部呑むんだ。零したら、ゆるさない」

熱く甘い声が、エリタの耳を舐めた。紛れもない官能に身震いした途端、エリタの体から力が抜けた。

恐怖や快楽、羞恥――エリタを翻弄した総ての感情が指の隙間からこぼれ落ちるように遠のき、初めての夜に疲労した肉体だけが残る。

火照る身体とは裏腹に、心は冷えていた。愛し合っていなければ意味がないと思っていた行為に淫らに反応した己の身体が信じられない。

（……こんなの……こんなのってないわ。酷い）

弛緩したエリタの体を、支えていたセスの腕がそっとベッドに降ろす。

虚ろな眼差しでエリタが見上げると、セスはその目尻に唇を押し当ててから腰を引いた。

ずるりと抜け出ていく感触に、まだ敏感な体が震える。

「あ、あ――っ」

細く喘いだエリタの隣に、セスは体を横たえた。

「放心してるな。だが、そんなに痛くはなかったはずだ。後半はしっかり感じていたようだしな」

「そんな言い方……。ひどいわ、わた、私……は、は、初めてだったのに」

エリタは涙声で訴えたのに、セスはうっすらと口端を上げる。その表情で、わかっていてあれほど手酷く抱いたのだと、エリタは理解した。

悲しくて、苦しくて、涙が眦から溢れる。その苦い雫をセスの指先が掬い、赤い舌が舐めとった。

「謝らないよ。君は俺のものだから」

身勝手な一言に、なけなしの自尊心が奮える。エリタはぐっと眉間に力を込めて、セスを睨んだ。

「わたし、は、あなたのものなんかじゃ……ないわ」

涙に掠れる声でエリタが告げると、深緑の瞳が僅かに翳る。

酷いことをしたくせに、拒絶すると悲しげな顔をする理由がわからなくて、エリタは困惑した。思わず視線を逸らすと、気怠げな腕に腰を抱き寄せられる。

抵抗しようとしたが疲弊した体に力が入るわけもなく、エリタはセスの懐に押し込まれるように抱えこまれてしまった。

「離して」

「いやだ」

耳元に擦り寄せられた声は今にも泣きそうな子どものようで、セスに対して嫌悪を抱き続けることが難しくなる。

（わからない……奪われたのも、傷つけられたのも、私ではないの？）

セスの態度も、自分の心もわからなくて、エリタの飴色の瞳が揺れる。

蹂躙《じゅうりん》された心身の痛みはエリタの内側を暴れ回っているのに、どうしてか自分に縋ってくる温もりを拒絶することはできなかった。

## 3

エリタが目を覚ましたとき、セスはすでに隣にはいなかった。

怠《だる》い体をなんとか起こし、カーテン越しに朝陽を浴びる。

あらぬところが鈍く痛み、昨夜の出来事が夢ではないと思い知らされ、エリタの心は重くなった。悲しみが目尻に湧き上がりそうになったのをぐっと堪え、意識を心ではなく肉体に向ける。

爽やかな朝の気配とは裏腹にべたつく体が不快なことに気がついて、エリタはよろよろとバスルームへ向かった。

少しでも、心への負担を減らす行動をとらなければならないと、半ば本能に突き動かされるようにシャワーコックを捻る。

湯を頭から浴びながら顔を強く擦り、エリタは大きく深呼吸した。昨夜ここに来た時とはまったく違う心境に、どうしても意識が引っ張られる。

「……セス、どうして」

一晩経ったところで、エリタの記憶にセスはいない。むしろ昨夜の仕打ちが強烈すぎて、たとえ過去に出会っていたとしても、とてもではないが思い出せる気がしなかった。

なるべく昨夜の痕跡を意識しないようにして体を洗い、バスルームを出る。

そこでようやく着替えも下着もないことに気がついて、エリタは困惑した。

暗い心に蝕まれていても、現実は現実としてエリタに迫ってくる。ままならない己の無力さが滑稽で、エリタは力なく笑った。

「……私、なにをやっているのかしら」

騙されて屋敷と財産を奪われ、路頭に迷って絡まれ、助けてくれた相手にわけもわからぬままに犯された。

これはなんの罰なのかと、エリタは誰かに問いたかった。

ゆったりとした日常を過ごしていたエリタにとって、身に起こった出来事の展開が怒濤過ぎて、感情が追いつかない。

おかげで正気を保っているような気もするが、ただの逃避のような気もしていた。

(私は本当に、お父様やお母様に守られて生きていたのね)

うつむいた瞳が見る間に潤み、胸で雫が弾ける。エリタはその悲しみに崩れ落ちてしまいたかったが、不意にクロゼットにガウンが入っていたことを思い出し、意識が現実に立ち返った。

このままでは風邪を引くと、現実的な考えに突き動かされて裸のまま部屋に戻る。

クロゼットに向かおうとしたが、いつの間に戻って来たのかセスがベッドに腰掛けており、エリタは瞠目した。思わず短い悲鳴を上げ、両手で胸元を隠す。

「やっ、こっちを見ないで!」

とっさにうずくまったエリタの頭に、ばさりと何かがかけられる。それがバスローブだとわかると、エリタはぎこちない動きでそれを羽織った。

驚きと羞恥に跳ね上がった心拍数を、大きく息を吐いて宥める。バスローブ姿は裸と同じくらい心許なかったが、その姿を見てしまえば、エリタはセスと話がしたくてたまらなくなった。

胸で燻る様々な疑問に、答えが欲しかったのだ。

「あの、セス」

「着替えはクロゼットの中に適当に用意させてもらった。ベッドのシーツは替えたから、まだ体が怠いようなら休むといい」

「え、ええ。あの――」

「食欲があるなら何か胃に入れた方がいい。オレンジジュースは好きか？」

矢継ぎ早に告げられたあとに問われて、思わずこくりと頷く。

セスはベッドから立ち上がるとテーブルに歩み寄り、そこにあるガラスポットからグラスに中身を注いだ。

鮮やかな橙が、美しい曲線を描いてグラスに満ちる。

そこには一口サイズにカットされたフルーツの盛り合わせと、柔らかそうなパンが盛られた籠も用意されていた。

話の腰を折られてしまい、いくつもあった筈の疑問が脳内で霧散してしまう。エリタは必死に言葉をかき集めようとしたが、それすら阻むようにセスの視線が向けられた。

「どうした、座らないのか」

促されたことで、ぼんやりと立ったままだった体が動く。

セスが引いてくれた椅子に腰掛け、エリタはよく冷えたオレンジジュースを喉に流し込んだ。爽やかな酸味と甘味が喉を通ると、そちらに気を取られてしまう。

あっさりと意識を逸らされてしまったことになど気づきもせず、エリタは口元を綻ばせた。

「……おいしい」

「そうか。パンは食べられそうか？　ああ、バターしかないな。今、ジャムを持って……」

「大丈夫よ。バターだけでいいわ」

傍を離れようとしたセスの腕をエリタが思わず掴むと、セスが僅かに動揺する。そのことでエリタも互いの状況を思い出し、思わずといった体で、手を離してしまった。

気まずい空気が、二人の間に流れる。

「あ……その、セスは食べないの？」

「俺はもう済ませた」

「そう」

素っ気ないほど即答されてしまい、会話が途切れてしまう。奇妙な沈黙にエリタは口ごもってしまった。

「じゃあ、俺は仕事に行く」

「えっ」

まさか昨夜のことに一切触れられぬまま出て行かれるとは思わず、声を上げる。瞠目したエリタの瞳を、セスの深緑が見下ろした。

「な、なにか、なにか私に言うことはないの？」

謝罪や弁解を期待したわけではない。ただ、エリタが覚えていなかったというだけで態度を豹変させた理由が知りたかった。

ぶつけられた激情がどういう思いから来たものなのかわからなければ、エリタの心は乱れたまま落ち着かない。

そういう思いを込めて問いかけたのに、セスは薄い笑みを口端に浮かべた。

「君を無理矢理抱いたことは謝らないと言ったはずだ。君が俺のものだということも。俺が君に理解していて欲しいことはそれだけだ」

吐き捨てるように告げると、セスは部屋を出て行ってしまう。エリタは急いで後を追おうとしたが、ドアノブが回らなかった。

「……なっ」

信じられなくて、ガチャガチャと回す。何度やっても扉は開かず、エリタは自分がこの部屋に閉じ込められたのだと知った。

「どうして……セス」

セスに対する怖れもあったが、それ以上に強い疑問に胸が痛み、エリタは握りしめた拳を胸元に当てた。

そうして暫《しばら》く扉の前に立ち尽くしたが、足元がぐらつくような眩暈を覚えてベッドに腰掛ける。そのまま体を横に倒し、視線の先にあるテーブルを見つめた。

新鮮なオレンジジュースに、宝石のようなフルーツ。麦の香りがする焼きたてのパン。それにベッドの清潔なシーツと、クロゼットの中には着替え。

総て、エリタのためにセスが用意してくれたものだ。そこには確かに気遣いと優しさがあるのに、セスはエリタを突き放す。

エリタには、セスの思惑が把握できない。くるくると変わる態度はセスの真意をエリタから遠ざけ、強い困惑と微かな恐怖をエリタに抱かせた。

「なぜ？　あなたは私を閉じ込めてどうしたいの？　どうするの？」

いつの間にかサイドボードに置かれていたネックレスを摑み寄せて、小さなルビーを陽光に晒す。

母の胸元で煌めいていた姿を思い出して、エリタはぎゅっとそれを握り込んだ。

「お母様……私は穢されてしまったの？」

処女を強引に奪われはしたが、エリタは穢されたとは思いたくなかった。

路地裏でエリタを辱めようとした男達と、セスは違う――そう思いたい気持ちが、エリタの心を強く揺さぶる。

それは心の負担を少しでも減らそうとする本能なのかもしれないが、それと同じくらい、セスが垣間見せた切なげな眼差しがエリタの頭から離れなかった。

（私を傷つけるために、抱いたわけじゃないわよね……？）

戻って来たら、やはりきちんと話をしなければいけない。そう決意して、エリタは飴色の瞳を潤ませた。

気持ちが落ち着くのを待ってから起き上がり、着替えと朝食を済ませる。

起きたのが遅かったために、昼は窓の外を見ているうちに訪れた。

話をするために身構えていたエリタだったが、昼食を持ってきてくれたのはセスではなく年配の女性で、肩すかしを食らう。

その瞬間に部屋から抜け出すという発想は、想定外の事態に混乱した頭では咄嗟に思いつくことが出来なかった。

我に返ったのは再び鍵がかけられたあとで、エリタは扉越しに出して欲しいと懇願したが、女性は事情を詳しくは把握していないらしく、可哀想だが安易なことはできないと断られてしまう。

尤《もっと》もな意見だが納得はできなくて、エリタは暫く悶々としたが、三時頃になると空腹を覚えたので昼食をとった。

それでもあまり食欲は湧いておらず、一口食べては窓の外を見ることを繰り返す。

身軽な者ならば二階の窓からでも抜け出すことは可能なのだろうが、さすがにエリタでは無理だ。思い切るにしても、自分の身体能力を思えば勇気が足りない。

この状況が何日も続くようであれば、視野には入れなければならないだろうが、できれば避けたかった。

「……セス、話がしたいの。早く戻って来て」

ただ待つだけの時間は信じられないほど過ぎるのが遅く、エリタを追い詰める。気持ちばかりが焦っては沈み、室内をうろつくことを繰り返した。

せめて手慰みになるものがあればと願わなくはなかったが、たとえ刺繍道具があったとしても、刺繍をする気分にはなれなかっただろうと諦める。

ようやく西日も薄れ、藍色の闇が迫ってくる頃になると、今度は夕食も別の人間が持ってきたらどうしようという不安が湧いたが、これ以上悪いことばかり考えても仕方がないと、エリタは頬を叩いて自分を奮い立たせた。

「しっかりするのよエリタ。誰が来ても、引き留めて話をするの。あのお婆さんだったら、セスに会わせてもらえるように頼んで――」

何度も状況を想像しては、時間の限り自分が口にすべき言葉を反芻《はんすう》する。セスを相手に、今度は絶対に誤魔化されはしないと気合いを入れて、エリタは扉の前でじっと誰かが来るのを待った。

そうして一時間ほど経った頃、夕飯を載せたトレイを持ってセスは現れた。

エリタが扉の入り口でじっと待っていた姿を見て僅かに瞠目したが、すぐに澄《す》ました顔で脇を抜け、テーブルにそれを置く。

「セス、どうして私を閉じ込めたの？」

エリタの疑問に、セスの瞳が向けられる。怯まず受け止めたが、セスの視線が全身を確かめるように滑ると、さすがにエリタの体は強張った。

「思った通り、君は優しい色が似合うな」

「え、あ――ありがとう」

不意にドレスを褒められ、面食らうままにお礼を告げる。仄かな羞恥にうつむきかけたが、すぐにそうじゃないと首を振った。

「セス、誤魔化さないで。私は――」

「ピンクもいいが、今度は淡いグリーンの生地で仕立てさせよう。きっとそれも似合う」

「ドレスのことはいいの、話を――」

「だが少し胸元がきつそうだ。次は気をつけよう。もう少し、開いてるほうがセクシーでいいかな？」

胸元に視線を下ろされて、咄嗟に手で隠す。大きく動けば零れてしまいそうだと自分でも思っていたので、エリタは羞恥に口ごもった。

「ど、ドレスのことはいいのよ。私はあなたと話がしたいの」

ようやく自分の意図を伝えられたのに、セスの視線はすでにテーブルの上に置かれたワインボトルに移動していた。

聞こえていないと主張するように、コルクを抜く作業をセスは続ける。

朝と同様、昨夜のことを話す気がないことは明白だったが、エリタはめげずに食い下がった。

「セス！　無視しないで。どうして私を閉じ込めたの？　閉じ込めるなんてひどいわ！」

「エリタ、椅子に座れ」

興奮で僅かに上擦ったエリタの声とは正反対の、落ち着いた声音に命令される。

力で敵わぬ事を思い知らされているエリタはどうしても怯んだが、脚にぐっと力を入れて、従うことは拒んだ。

「あなたは私をどうしたいの？」

「シェリー酒は好きか？　これはランフォス――ここの店主のとっておきなんだが、いつまでも大事にとっていて逆にもったいないから、開けてやったんだ。一緒に飲もう」

小ぶりで可愛らしいシェリーグラスに、滑らかな金色のワインが注がれる。座らないエリタに焦れる素振りもなく、セスはグラスを差し出してきた。

「後でいいわ。私は話がしたいの」

「食べてからでいいだろ？　せっかくの料理が冷める」

「今がいいの」

深い森色の瞳をじっと見据えてエリタが告げると、セスは緩く嘆息してグラスをテーブルに置いた。ようやく向き合ってもらえた安堵に、エリタは小さく息を吐き出した。

「私を閉じ込めたのはなぜ？」

「逃がさないため。誰かを閉じ込める理由なんて一つだ。当たり前だろう？　君は俺のものだからな」

「私の意思を無視して閉じ込めて、あなたは楽しい？」

良心に訴えるつもりで告げた言葉に、セスの表情が如実に曇る。けれどそれは罪悪感によってもたらされた変化ではないことは、エリタにも一目瞭然だった。

あまりにも傷ついた眼差しを向けられて、エリタのほうが動揺させられてしまう。

「セス……私は、あなたがどうして私を抱いたのか……知りたいの」

「どうして知りたいんだ？」

「どうしてって……そんなの」

「答えによっては、俺を許そうとでもいうのか？　君の体は安いんだな」

あんまりな言葉に、怒りと羞恥がカッとエリタの意識を支配する。パンと小気味良いほどの音がセスの頬で弾け、エリタの手のひらを痺れさせた。

「……あ」

吐き捨てられた侮辱と人を叩いてしまった後悔とで、エリタの視界が滲む。

眦から涙がこぼれ落ちても、セスは赤くなった頬を押さえもせずにエリタを見下ろしていた。

「一つ聞くが、君は、俺が君を助けるために捨てた二百万を返せるのか？」

「え……？」

唐突に振られた話題に、暴力に対する罪悪感が涙と共に置き去りにされる。エリタが困惑に瞳を揺らすと、セスはエリタの記憶を刺激するように、懐から何かを取り出す仕草をしてみせた。

「二百万だよ。あのまま捨て置くこともできたが、ああいう連中が流す噂は質が悪い。君の名誉を守るために、俺が捨てた金だ。覚えているだろう？」

地面にばらまかれた一万ルピト札を思い出して、エリタは青ざめた。

確かにセスは、あの男達を追い払うために金を捨てた。混乱していたとはいえ、安くはない金を支払わせたことを失念していた自分に、エリタは戦慄した。

「あ、わたし……」

エリタが無意識に胸元を握りしめると、そこにあるものを察したらしいセスがふっと鼻先で笑った。

いつの間にか問い詰めようという気概が奪われ、逆にエリタが問い詰められている。そのことに気づくことすらままならないエリタは、ただじっとセスの瞳を見返した。

「屋敷と財産を騙し取られた君の全財産がそれだけなんだろ？　残念だけど、全然足りない。その紅玉《ルビー》じゃ三十がせいぜいだ。残りはどうするつもりだった？　まさか俺が請求しないのをいいことに、無視するつもりだったのか？　まあ、エリタにとっちゃ、二百万なんて端金《はしたがね》だろうが」

「ちがうわ！　二百万は大金よッ。それに、無視するつもりなんて――」

「違うと言うなら、どういうつもりだったんだ？」

「それは、だから……」

「だから？」

冷たい声が、じわじわとエリタを追い詰めていく。こんな話がしたかったわけではなかったが無視も出来ない話題に、エリタは返すべき言葉を見失った。

「今すぐ返してくれと言われたら、君はどうする？」

「――セス、わ、私」

近づいてきたセスの両腕が、エリタの細い腰を抱き寄せる。柔らかな臀部《でんぶ》に熱い手のひらが張り付いても、エリタは身じろぐことすらできなかった。

暗に求められているものを察することは出来たが、それを拒んだところで代わりに差し出せるものが何もない。

知識がないうえに、こういった取引に向かないエリタの性格では、セスが作り出した流れに逆らうことなど出来るわけもなかった。

「抵抗しないのか？　俺が君を抱く理由が聞きたかったんだろ？」

喉奥で嗤いながら、セスの唇がエリタの耳朶《じだ》を食む。背をさまよった手がファスナーを下ろすと、肩からドレスが滑り落ちた。

羞恥と怖れに体が震えたが、二百万という金額が脳裏にちらついてエリタを縛る。

首すじにぬるりとセスの舌が這っても、エリタは身を竦めることしか出来なかった。

放心しかけていたエリタの乳房を、遠慮のない指先がブラジャーごと鷲掴む。カップから零れたまだ柔い乳頭を強く捻られて、エリタは声を上げた。

「あっ、ッ」

「痛いか？　でも、構わないよな？」

エリタの反応を試すように強く引っ張られたそこに鋭い痛みが奔《はし》ったが、エリタは歯を食いしばって耐えた。そうする以外、自分がすべきことがわからなかったのだ。

セスの心を知りたかったはずなのに、エリタの心こそが雁字搦《がんじがら》めにされて、肉体の自由も奪われる。

言葉巧みに背負わされた負い目に、エリタは支配されていた。セスに従わなくてはならないと、逆らってはいけないと思い込まされる。

「……セス、私」

「よかったな、エリタ。俺に処女を奪われても仕方が無かったと思える理由が見つかって」

「――ッ」

言葉とは裏腹な甘い声音に意思を奪われ、されるがままにベッドに押し倒される。無遠慮な指先が下着に押し入ってきても、エリタは羞恥に震えることしか出来なかった。

シーツの上をエリタの踵《かかと》が滑り、細かな皺《しわ》を描く。

濃密な夜の気配に混ざる熱い呼気が、ときおり詰まって跳ねては甘く滲んでいた。

汗ばんだエリタの肌に乾いた男の手のひらが這い、柔らかな肢体をぞくぞくと震わせる。

「——んっ、ふ」

抵抗できぬ状況に陥ったエリタの体は、完全にセスの玩具だった。

まるで眠っていた細胞を呼び覚ますように、セスの手がゆっくりと肌を撫でる。それは次第にエリタの緊張を解き、感覚を研ぎ澄まさせていた。

既にぐずぐずにとろかされている内壁が、容易くセスの指を呑み込んでは収縮する。三本の指を好き勝手に動かしながら、セスがサイドボードの引き出しを開けた。

何かと思ったが、エリタの場所からはちょうど死角で見えない。

むしろわざとらしく浅く出し入れされる指が気になって仕方が無かった。

「んっ……」

我慢できなくて腰を捩らせると、セスが耳元で笑う。エリタの耳朶の裏側を鼻先で擽《くすぐ》りながら、セスはエリタの眼前に何かを晒した。

艶めく木製のそれがなんなのかエリタはわからなかったが、愛液に濡れたセスの手がそれを丁寧に撫でる。ぬめりをこすりつけるような動作に嫌な予感がして、エリタは息を呑んだ。

「セス、……そ、それ……」

「なんだと思う？」

焦らすように問いながら、丸い先端がエリタの下腹部を辿る。淫唇を撫でる頃には何をされるのか察して、エリタは脚を閉じようとしたが、それよりも早く先端が押し込まれた。

「ああっ」

丸く滑らかなそれは容易く蜜壺《みつつぼ》に沈み、張り出した部分までを押し込んでは引き出される。背すじを這うような快感に、エリタは爪先をぎゅうと丸めた。

狭い入り口を掻かれると、ぞくぞくと臍《へそ》の奥が重くなる。貪欲な肉体がより強い刺激を求めて、勝手に揺れた。

「良さそうだな。君のここはまだ狭いから、この張り型で広げてやろうと思ったんだが、少し小さかったか？」

「やっ、あっ――うごかさ、な……でっ」

まるで締め付けを確かめるようにぐっと張り型を奥に押し込まれて、びくびくとエリタの内腿が震える。セスが手を離すと自分がそれを押し出すのがわかり、あまりの恥ずかしさにエリタは両手で顔を覆った。

「やっ、んぅ、ッ、押しこまな……いでっ」

「君が出すから悪いんだろう？　きちんと広げないと、後で辛いのは君だぞ？」

またセスの性器を呑み込まされるのだとわかり、エリタの脳裏にあの息苦しい快感と痛みが過ぎる。

だからこそ、今押し込まれているものがほどよく快感を刺激しているのだと思い知らされて、きゅうとそこが締まった。

先ほどよりも早く抜け出たそれが、「ほら、また」とセスに強く押し込まれる。奥に押し込まれたままぐいっと回されて、エリタは腰を跳ね上げた。

「ひぅっ」

奥深くを圧迫されると、じわりと膣内に愛液が滲む。

びりびりと痺れるような性感に、エリタの手がさまよった。なんとか下肢にあるセスの腕を摑んだが、それは引き剝がされて奥へ導かれてしまう。

手のひらで張り型を支えさせられて、びくんとエリタの肩が震えた。そこから手を離そうとしたが、強い力がエリタの手のひらを上から股間に押しつける。

「ぅあ、あんっ」

「出したり入れたりされるのがいやなら、自分で押さえていればいい。そうだろ？」

こうやって、とぐいぐい手を押されると、それだけ張り型が奥へと沈む。

自らが与える快感に怯んで何度か手が緩んだが、その度に突き上げるかのように押し込まれたので、エリタはぶるぶると震える手で必死に張り型を押さえた。

「ようやくちゃんと出来たな」

甘く低い声が、エリタを褒める。大きな手のひらに、包むように乳房を揉まれると吐息が乱れ、堪えようもなく腰が動いた。

じわりじわりと淫らな欲望がわき上がり、セスの匂いにすら吐息が震える。

「――ふ、っぅ」

「もどかしそうだな？　出すことは許さないがな、動かしたいなら動かしてもいいぞ？」

淫らな誘惑に、エリタは必死で首を振った。そんなエリタを横目で観察しながら、セスの手が円を描くように乳房を弄ぶ。

「ぁ、……っん」

乳房を掴まれても痛いだけだったはずなのに、今はもう、柔く撫でられただけで乳首が勃つほど性感帯として機能し、エリタを喘がせていた。

今も触ってほしくて、はしたなく先端を硬くしている。

「――んっ、あっ！」

返事をするまえに根元から搾るように引っ張られて、ぴっと弾かれる。痛みを伴う性感に肉壁が蠢《うごめ》いて、張り型を喰い締めた。

そこを激しく擦られたい衝動を、ぐっと堪える。

「肩がひくついてるぞ。そんなに気持ちがいいか？」

腹を這っていた手が下肢に流れ、足の付け根のくぼみを擽る。張り型を押さえている手のひらの隙間からそれをコツリと爪で叩かれて、びくっとエリタの膝が跳ねた。

恥ずかしさと味わわされたことのない激しい情欲の狭間で、苦悩する。

「はっ、はぁっ……んっ」

男に与えられる快楽を知ってしまった体はセスの熱を欲していたが、なけなしの理性がエリタを繋ぎ止めていた。

ただひたすらに快感だけを追い求めて、はしたなくセスに行為をねだってしまいそうな淫らな自分を、必死に押し殺す。

「あっ、あ……セス。だ、だめ……」

「だめ？　なにが」

「こ、これ、いやよ。――ぬ、抜いて」

「これってどれ」

「こ、これ……」

涙目でセスを見つめながら、エリタは自分で押さえさせられている玩具がセスの視界に入るよう、少しだけ手の位置をずらした。

僅かに抜けた張り型に、息を詰める。じっとそこに視線が注がれるのがわかり、エリタの背すじが欲情に痺れた。

「だめに決まってるだろ」

淡々とした返事と共に、セスがエリタの手ごと張り型を奥へ押し込む。細身の張り型は空気を孕んでぐぶりと音を立て、エリタの羞恥を煽った。

「あっ、ッ！」

恥ずかしくてたまらないのに、奥深くまで押し込まれたまま揺さぶられると腰に痺れが奔り、ぎゅうとそれを締め付けてしまう。

「あっ、ひっ、――ん、んっ」

「いやとか言いながら、気持ちいいんじゃないか。自分で奥に押しつけて」

「ち、ちがっ」

「俺が嘘をついているとでも？」

鋭い声音に、エリタの体がびくりと跳ねる。セスの手が離れても、エリタは必死に張り型を奥へ押し込んだ。

無機質な物体が肉壁を擦る圧迫に、うなじが痺れる。

「ん、っぅ——あっ」

「いやらしいな。そんなに気持ちがいいか？」

否定することを許さない眼差しに囚われ、エリタは唇を震わせた。

「い、いい——ですっ、あっ、ぃッ」

不意打ちのようにセスの両手がエリタの乳房を揉みしだき、指先が赤く熟れた突起を潰すように転がす。

鋭い刺激に悶えたエリタの耳殻を、セスの舌が這った。

「あっあっ——ッやっ、先っぽ、やめっ」

摘まれた乳首の先をぐりぐりと擦られて、脊髄を抜ける刺激に腰が跳ねる。エリタは好き勝手するセスの腕を摑もうとしたが、力が入らず指が滑った。

「いい眺めだ。君は体が柔らかくていいな」

エリタを背後から抱きかかえて座るセスの瞳が、豊かに形を変える膨らみに好色な視線を向ける。

つられてうつむくと胸の谷間から濡れそぼった茂みが見え、その先で半ば抜けかけた張り型が淫らな粘液にまみれてシーツを濡らしていた。

「ほら、ちゃんと押し込むんだ。俺に浅ましい姿をよく見せろ」

「やっ――せす、セスぅっ」

胸を解放した右手が再び張り型を押し込み、その隙間に人差し指までもがねじ込まれる。張り型のまわりをぐるりと撫でるように中を指で混ぜられ、エリタの膝が跳ねた。

「あっ、いたっ、ひっ、――ッ、っ」

「君は痛い痛いと言いながら、腰を揺するんだな。本当は痛いのが好きなんだろう？」

「そん、そんなこと――っ」

締め付けを楽しむように、指が内側から引き抜かれ、張り型がひどくゆっくりと出し入れされる。

もどかしくも悩ましい感覚に、ぞくぞくとエリタの背すじが震えた。

「もの欲しそうに喰い締めてる。これじゃ物足りないか？」

ぐっと張り型を押し込まれ、体の芯に官能が響く。弄ぶようにぐちゅりと奥をかき回され、エリタは息を乱した。

しがみついていた理性が、爪に搔かれるように剝がされていってしまう。思考が徐々に鈍り、エリタの体から力を奪っていっていた。

「あっ、あっ――ま、待って……セス、っあ。ぃやっ」

「気持ちいい、だろ？　抱く度に痛いとわめかれると萎えるから、こうして躾けてやってるんだ。君も努力しろ」

「ぁひっ」

腫れて脈打っていた肉芽をぎゅっと強く抓《つね》られ、ビリビリとエリタの手足が痺れる。どろっと愛液が肉壺から溢れ、セスの指先を伝った。

「あっ、うぅっ、――んっ」

「やっぱり痛いのが好きなんじゃないか。エリタはマゾだな」

違うとエリタは首を振ったが、与えられる快感に思考が溶けていってしまう。再び隙間に押し込まれた指に愛液を搔き出すように肉壁を搔かれて、エリタは身悶えた。

「こんなに濡らして……。はしたない。ほら、君のせいでどろどろだ」

愛液を滴らせる指先が眼前に晒され、そのまま人差し指と中指がエリタの谷間を濡らす。

エリタは思わず身を捩ったがセスの指は臍《へそ》まで滑り降り、下腹部にそれを塗り広げた。

「んぅ、んっ」

「びくびくしてる。やらしいな」

下腹部を圧迫され、きゅうと内壁が収縮する。ただ撫でられているだけなのにひどく淫らな気持ちにさせられて、エリタは陶然とした。

背後から寄せられているセスの吐息が鎖骨にかかり、その熱さに情欲を掻き立てられる。尻に当たる雄芯《おしん》が硬くなっていくのがわかり、エリタははしたなく腰を揺すってしまった。

「だめだよ、エリタ。そんなことを君にされたら、我慢できない」

唐突に腰を抱き上げられ、前に倒される。抵抗する間もなく、エリタの体は四つん這いにされていた。

押さえを無くした張り型が抜け落ち、熟れた淫唇が震える。そこに張り型とは比べものにならない欲望がすぐにあてがわれ、エリタは焦った。

「ふぁっ、セス、待っ――」

「待たない」

制止を無視した熱杭が、一気に突き入れられる。呑み込まされた質量に嬌声をあげ、エリタは身悶えた。

苦しかったが、それ以上に歓喜が体に満ち、その刺激を欲していた体を持て余す。

「ぁあっ、やっ！」

衝撃に逃げた腰を強引に戻され、そのまま激しく律動される。濡れそぼっていた肉壁は貪欲にセスに絡みつき、摩擦の刺激に酔った。

前に回されたセスの手が、茂みの奥にある粒を動きに合わせて擦る。熱杭によってぐぶぐぶと掻き出される愛液を纏った指先が、敏感なそこを的確に刺激した。

「あっ、そっちだめっ、だめぇ！　――ッあ、あぁ、ひんっ、ッツ！」

過ぎた快感から逃れようとした腰をのし掛かることで阻まれ、更に擦られる。身悶える体は暴れようとしたが、セスの力には敵わなかった。

「はひっ、ひっ――ぁッ、だめ、だめぇ、イッちゃ――ッ」

肉芽を押し込むように爪先でくじられた瞬間、エリタの目の裏に火花が散る。

「あーっ、あっ、ぁう、う――ッ」

びくびくと下肢を震わせて、放尿に似た恍惚を味わう。緩んだエリタの口端から透明な糸が一筋垂れた。

「俺がまだイッてないぞ、エリタ」

「あっ」

中空に放り出されるような悦楽に酔って弛緩しようとした体が、尻を叩かれて再び緊張する。

痙攣して収縮する膣を質量を増した肉塊にかき混ぜられて、エリタは悲鳴じみた喘ぎに声を裏返らせた。

過ぎた快感に身悶えたエリタの脳裏を、極彩色の光が犯す。熟れた肉壁を擦られるたびに腰が跳ね、エリタはシーツを引き寄せるように握りしめた。

「ぁひっ――あ、あっ、むりっ、ひ、しんじゃ――ッ」

容赦の無い突き上げに、うなじの産毛《うぶげ》がそそけだつ。覆い被さっていたセスの両手が胸の尖りを強く捻った瞬間、エリタの最奥にある蕾も一際強く穿たれた。

「あ、あっ、アア！」

こじ開けるように二度、三度と子宮口を攻められ、下腹部に鈍痛に近い快感が広がる。

蕾にくちづけるように押しつけられたまま射精され、エリタの腰が溶けた。崩れようとした下肢を逞しい腕に支えられ、総て呑み込まされるようにゆさぶられる。

「あっんっ、んぅ――セス、せ……だめぇ……あっ、あかちゃ……できちゃっ」

「出来たら産めばいい。君と俺の子どもなら、きっと可愛い」

うっとりと甘やかな声で告げると、セスの大きな手がエリタの下腹部を撫でる。

堪えきれずに手の支えも崩れ、エリタは枕に突っ伏した。そこにセスの手があるだけなのに感じて喘ぎそうになる唇を、必死に噛む。

獣のように荒いセスの息と、背に密着する肉体の逞しさに興奮が冷めない。結合を解かれるとき、エリタは名残惜しむように締め付けてしまい、腰を撫でられた。

羞恥で真っ赤になっているうなじに、柔らかな熱が吸いつく。

「あっ」

「そう惜しむな。一度で終わらせたりはしない」

背後から迫ったセスの手が、エリタの胸を円を描くように揉みしだいた。快感に息んだ拍子に注ぎ込まれたばかりの白濁が零れ、エリタの太腿を濡らす。

「あ、あっ、ぅんっ」

「だめだろ、エリタ。ちゃんと締めろ」

零れた体液を掬うように内腿にセスの指が這い、熱を持つ蜜壷に押し込まれる。そのまま何度か中を掻き回されたあとで、放置されていた張り型が埋め込まれた。

「ひぁ、あっ」

堪えきれず体勢を崩したエリタの体を、セスが容易くひっくり返す。正面からのし掛かってきたセスに乳首を吸われて、エリタは頭を打ち振るった。

「や……いや、も、もう……」

「もっと、だろエリタ」

意地の悪い声音が、勃ちきって敏感になったエリタの乳首をねっとりと舐める。

吐息を乱したところできつく歯を立てられたが、エリタの口から零れたのは甘い嬌声だった。

◇　◇　◇

エリタが目を覚ましたとき、カーテンの隙間から差し込んでいた光は朝陽と言うには無理のある色味をしていた。

微睡むように見渡したベッドの上に、セスの姿は当然のようにない。

エリタが一方的に弄ばれるだけの関係だが、激しく重ね合った温もりが余韻もなく消えていることはエリタを虚しくさせた。

慰めや優しい言葉じゃなくていいのだ。責め詰るような怒りをぶつけられるだけでもいい。とにかく、なんでもいいから、普通の会話が欲しかった。

(……セスはまるで、私の言葉を聞きたくないみたい)

エリタは重い溜め息をつくと、気怠い体をゆっくりと起こした。

テーブルの上からは食べ損ねてしまった夕食が消え、布巾をかけられた皿とドリンクポットが置かれている。

空腹だったので心惹かれたが怠さに負け、エリタはサイドテーブルにあった水差しから水を飲んだ。

水分を得て思考が冴えてくると、視界も鮮明になってくる。

エリタは昨夜の情交の痕が色濃く残る肢体に気がついて、頬から火が出るかと思うほど顔を熱くした。

まるで花弁のように、胸元から腿のきわどい場所にまで赤い痣が散っている。それはエリタの白い肌に良く映えており、だからこそ淫らに見えた。

「なんてはしたない」

セスの行為に対してではなく、自分自身に対して苦く呟く。

返せる金がないという現実に追い詰められ、求められるままに体を開いてしまったが、あんなにも自分が乱れるとは、エリタは思っていなかった。

娯楽としての肉欲を否定しておきながら、セスからもたらされた快楽にいとも容易く溺れた肉体に、心が裏切られたような怖れを味わう。

エリタは纏わりつくように体に残っている淫行の気配を振り払うために、バスルームに飛び込んで全身を執拗《しつよう》に洗った。

きっちりとしたドレスを選び、首すじにまであった鬱血を隠す。

それでも落ち着かなくて、エリタは布巾の下に用意されていたサンドイッチを黙々と腹に収めた。

食べている間は気が紛れたが、それも終わってしまえばエリタの心に再び不安が忍び寄る。それは罪悪感に似た感覚を伴って、淫らな記憶と共にエリタを苦しめた。

全身に残るセスの気配が、ぞくぞくとエリタの背すじを震わせる。熱く硬いもので穿たれる快楽を覚え込まされた体は見る間に火照り、あらぬ場所が疼いた瞬間、エリタは叫んだ。

「ダメっ、耐えられないわ。せめてベッドメイクだけでもしてもらえないかしら」

昨夜の名残が残ったままのベッドが、どうしてもエリタの視界に入って心を乱す。

エリタは急かされるように椅子から立ち上がり、扉の前に立った。

何度か控えめに外に呼びかけたが反応は無く、強めにノックしても誰かが近づいてくる気配は無い。

「誰もいない……？」

落胆の溜め息をつきながら、耳を押しつけていた扉から体を離す。その拍子に、支えにしていたドアノブがくるりと回った。

「え？」

カチャッと小さな音をたてて、扉が開く。エリタは呆気にとられて、僅かに開いた扉を暫く見つめてしまった。

「――ど、どうして？」

疑問に思ってから、昨夜の会話を思い出す。

セスが部屋の扉に鍵をかけたのは、エリタを逃がさないためだ。それが今、こうして解放されているということは、セスがエリタは逃げないと判断したからだろう。

（セスの傍にいなければならない理由を……私が理解したから）

金銭を返せないエリタに、ならばと肉体を求めてきたのはセスだ。そしてエリタは、追い詰められた勢いで求めに応じてしまった。

それはとても歪んだ取引のように思えたが、支払う立場にいるエリタが肉体を差し出してしまった以上、成立してしまっている。

エリタはセスに、返済方法を提示してしまったのだ。そしてそれを信頼され、扉は開放された。

「……私」

場所が場所なだけに、脳裏に何度となく売春や娼婦という単語が浮かび、エリタを混乱させる。違うと振り払うには、自分が置かれた状況はそれに酷似しすぎていた。

かといって逃げ出せるほど、エリタは愚者ではない。己の望まぬ境遇に陥ったからといって、恩を仇で返すようなことができるわけがなかった。

「そんな恥知らずなこと、できないわ。この身一つであろうとも、私はお父様とお母様の娘だもの」

心の気高さに、身分や立場は関係ない。

今のセスとの関係は、エリタが自ら選んだものだ。自ら選んでしまった以上、その対価を支払い終わるまで、セスに体を開くのが筋だろう。

そう強く思いはしても、エリタは不安と恐怖でぐらぐらと揺らいでいた。

職業に貴賤はないと頭では思っていても、娼婦のようなことをしてしまった自分を心が受け止めきれていない。

「間違っているのかもしれないけれど、他の方法がわからないわ。私には、この体しかないもの——。仕方がないのよ……」

そう自分に言いきかせたが気持ちが落ち着かず、エリタは不安を振り切るように部屋を飛び出した。

とにかく外の空気が吸いたくて、記憶を頼りにエントランスを探す。

さほど広くなかったことが幸いし、エリタは別館を出られたが、渡り廊下の先に本館があると思うとそこに突っ立ている気にはなれず、別館の壁沿いをゆっくりと歩いた。

建物の裏側は、広く開けていた。

敷地を囲う壁と中程にある木々の間に物干し用のロープが張られ、そこに真っ白なシーツが干されている。

隅には水道が整備された区画では久しく見なくなった井戸があり、側で少年がばしゃばしゃと洗濯桶の中で石鹸を泡立てていた。

陽光に煌めく飛沫と、真っ白な布、それに清潔な石鹸の香りは心が洗われるようで、エリタはふらふらと少年に近づく。

手元が翳《かげ》ったことで他者の来訪に気づいたらしく、声変わり前の澄んだ声がぶっきらぼうにエリタに向けられた。

「追加なら籠にいれといて。ていうか、セスの囲い姫さんはまだ起きねえの？　別館のシーツの洗濯終わんねーんだけど。一番汚れてんの、あそこのなのに」

「ごっ、ごめんなさい」

あんないやらしいもので汚れたシーツをこんな子どもが洗うのだという事実と、汚した当事者であることで混乱し、エリタの声が上擦る。

ゆであがった頬を両手で押さえたところで、少年がばっと顔を上げた。

「え、うっ、わぁ！」

瞠目して立ち上がった勢いに体がついていかずにバランスを崩し、片足が洗濯桶の縁を踏む。

当然、洗濯桶は立ち上がり、中身を少年にぶちまけた。

「ぶわ、つめてぇ！」

「あ、あ、ごめんなさいっ」

慌てて周囲を見渡し、目についたシーツを洗濯紐から引き下ろそうとしたが、その行為は少年によって止められた。

「いい、いいから！　洗ったヤツ使おうとすんな！」

怒声に気圧されて、エリタは摑んでいたシーツからぱっと手を離す。そうしている間に、少年は潔く衣服を脱ぎ捨て、素っ裸になってしまった。

「うへぇ、くちんなかに泡はいったぜ」

手際よく井戸から水を汲んで何度か頭から被ると、少年は洗濯籠の中に詰められていた洗濯物の中からバスタオルを掴みだし、体を拭いた。

「ごめんなさい、驚かせてしまって」

「いいよ別に。驚かされたのは確かだけど、大惨事にしたのは俺自身だし」

小生意気な口調だが、ハッキリとした意思表示は素直で気持ちがいい。エリタはとても好ましく思って、思わず微笑んだ。

「それでも、声もかけずに近づいた私も悪いわ。お詫びに手伝わせて」

「ぇえ？　でも……」

「お願い。あなたが着替えに行っている間に、わ、私の部屋のシーツも持ってくるから」

羞恥で若干声を裏返らせながら、返事を待たずにきびすを返す。

少年はエリタの行動に戸惑ったようだが、すぐに気持ちを切り替えたらしく、エリタを追い越して別館の中へ入っていった。

エリタは必要以上に小さく丸めたシーツを持って井戸に戻ると、ひっくり返してしまった洗濯桶を元に戻し、中に井戸水を注いだ。

見よう見まねで洗濯板を縁にかけ、シーツを水の中に沈める。

石鹸をどう使うのかわからなくて手で泡立てようとしたところで、別の桶と板を持って少年が戻ってきた。

「本当にやるの？　洗濯板なんて、見たこともなかったんじゃねぇ？」

「そんなことないわ。視察に行った孤児院にあったもの」

「孤児院に視察……」

微妙な視線を向けられたので、目で問い返したが、少年はなんでもないと首を振った。

「やっぱやめない？　俺だって、普段は洗濯機使ってるんだぜ？　いまはちょっと、別館のが壊れてて――」

てきぱきと自分の準備をしつつも、不安げな眼差しがエリタに向けられる。それでもとエリタが強い意思を見せると、少年は戸惑いを隠さずにエリタの四肢に視線を滑らせた。

「あんた、どうしてセスに囲われてるのか知らないけど、こんなところにいるような女じゃないだろ？　指なんか白魚みたいだし、爪も綺麗だ。洗濯なんか無理だよ」

「エリタよ」

「え？」

「女性に対してあんたなんて言ってはだめよ。私の名前はエリタ。あなたのお名前は？」

「……メルヴィン」

「素敵な名前ね。ねえ、メルヴィン、確かに私は洗濯をしたことがないわ。でも、今は何かをしていたい気分なの。邪魔はしないから、洗濯の仕方を教えて」

声音に少し切羽詰まった気持ちが滲んでしまったからか、メルヴィンは仕方がないという体で頷いてくれた。

石鹸の使い方を教わり、泡立てる。何度か力が弱いと指摘され、エリタは必死に腕に力を入れて擦った。

「ある程度泡立ったら、板外して――そう。そんで、シーツ畳んで、足で踏むんだ」

「踏むの？」

「そう……って、裸足でだぞ!?」

自分の作業をしながら指示してくれていたメルヴィンに、動揺混じりの指摘をされる。エリタは疑問に思いながら持ち上げていた足を、そそくさと下ろした。

「そ、そうよね」

いそいそと靴を脱ぎ、桶の中心に立つ。水は少し冷たかったが、シーツの上で足踏みをするのは楽しかった。何度か踏み洗いし、今度は水を替えて洗剤を濯《すす》ぎにかかる。

「エリタ、聞いてもいい？」

「ええ、なに？」

「セスに攫われて来たわけじゃないよな？」

あまりにも意外な問いにエリタは目を瞬かせたが、メルヴィンの顔が真剣だったので慌てて首を左右に振った。

「ち、違うわ。私は私の意思で、セスのところに来たのよ」

エリタが答えると、メルヴィンは心底ほっとしたような顔をして、洗い終わった洗濯物を脱水機に挟み込んだ。

「はぁー、よかった。テレティーシャが、あ、テレティーシャってのはここで働いている娼婦なんだけど、とにかく、あいつが変なこと言ってたからさぁ。俺はてっきり、セスがとうとう思いあまって想い人を攫って来たんじゃないかと思って……」

「あいつじゃなくて、彼女、もしくはあの人。ね？」

指摘するとメルヴィンは渋い顔をしたが、「女性に嫌われるわよ」とエリタが言葉を重ねると、神妙な顔で頷いた。

「……それで、なにがどうしてそうなったの？」

エリタが改めて問い返すと、メルヴィンは脱水し終わったリネンをパンッと音を立てて広げた。

「だって、セスには女の影が全然なかったんだ。格好いいし、若いし、こんなでかい娼館の経理やれるくらい頭もめちゃくちゃいいのに、全ッ然遊ばないんだよ。自分の店の女の子に手を出さないのはなんとなくわかるけど、他でも浮いた噂一つないんだ。テレティーシャはわりと本気でセスと寝たいらしくて頑張ってたけど、全然なびかなかったし。あ、テレティーシャはね、すごく美人なんだよ。若くはないけど、店でもすごく人気があるんだ。だから、セスには本命がいるって話になって、セスほどの男が落とせないとなると、身分が違うんだってなって——、叶わぬ恋に身を焦がしながら、男と女が淫らな夜を過ごす職場で働いてるって、すごく悶々とするだろ？　だからさ、テレティーシャが、いつかきっと爆発するから、そこに付けいるんだって言ってて……そうしたら」

チラ、と視線を向けられて、エリタははっとした。すっかり止まってしまっていた脚を、慌てて動かす。

メルヴィンは饒舌だったが、その手はすでに次の洗濯物に取りかかっていた。

「私が連れてこられたのね？」

「うん。本館じゃ、ちょっとした騒ぎになってたよ。セスがお嬢様を連れてきたって。しかも次の日軟禁されてたよね？　だから今、ウチの店では、セスが想い人をとうとう攫って来て囲い者にしたって噂になってる」

「……ものすごく、誤解だわ」

「でも、寝てるよね？」

あまりにも明け透けに指摘され、ぶわっと体温が上がる。

如実に反応しておいて隠しようもないが羞恥の逃げ場がなくて、エリタはシーツを踏む足に力を込めた。

「こ、子どもがそんなこと聞いてはいけないわ」

「冗談だろ？　ここをどこだと思ってるんだよ。俺にすら手を出そうとする変態だっているのに」

衝撃的な一言にエリタが瞠目すると、メルヴィンが気圧されたように手を止めた。

「大丈夫だよ。確かに俺はここで働かせてもらってるけど、そんなことさせられてない」

「……脅かさないで。心臓が止まるかと思ったわ」

エリタが涙声で訴えると、メルヴィンは困ったように頭を掻いた。

「エリタは本当にお嬢様なんだな……。なんでセスと寝てるの？　恋人……だったら、閉じ込めたりしないよな？　あ、でもここにいるってことは、軟禁されたのは一日だけか」

メルヴィンは自分で答えを探そうとするように首を捻ったが、変な噂が広がっている以上、セスの名誉のために真実を語っておくべきだろう。

エリタは男達に絡まれたところから、丁寧に現状までの流れをメルヴィンに説明した。

「――だから、私は恋人でも、囲われ者でもないわ」

「えーと、セスはエリタを助けるために、二百万ルピトを捨てた。だけど、エリタはお嬢様だったけどお嬢様じゃなくなったから、お金を返せない。だから、お金の代わりにセスに抱かれている――ってことでいい？」

「間違ってないわ」

不思議と静かな気持ちで、エリタは頷くことが出来た。

第三者に語ることで随分と冷静になれたのも要因だが、金銭の対価として体を差し出したことを、子どもであるメルヴィンに嫌悪されなかったことが大きい。

（娼館で働いているのだから、慣れているのかもしれないけれど。とても救われた気持ちだわ）

シーツの汚れと一緒に、心の靄《もや》もとれたようだった。エリタはメルヴィンに洗濯の出来を確認してもらい、シーツを脱水機にかけた。

ある程度畳んだシーツの両端をクリップで挟み、ハンドルを回すと、ぞうきんを手で絞るように機械の力で水を絞れるのだ。

硬いハンドルを必死で回していると、じっとメルヴィンが見ていることに気がついて、エリタは手を止めた。

「メルヴィン……？」

「いやさ、セスがテレティーシャになびかなかった理由はこれだったんだなーって思って」

言葉に対してエリタが首を傾げると、メルヴィンは両手で何かを下から支えるような仕草をした。

すぐには意味が理解出来なかったが「でかい」と感心するように呟かれてビシッとエリタの思考が固まる。

「いいなぁ、セス。俺もさわりたい」

子どもでも立派な男なのだと思い知らされて、エリタは裏切られたような気持ちになった。半ば八つ当たりのように、メルヴィンに向かってシーツを広げる。

豪快な音とともに飛び散った水滴を浴びせられて、メルヴィンは目を白黒させていた。

部屋に戻ってから、エリタは新たにもたらされた不安に悩まされていた。

せっかく境遇を受け入れられたと思ったのに、この状態がずっと続いていくわけではない可能性に気がついてしまったのだ。

体が金銭の代わりになるのなら、なにもセスだけがエリタを抱く必要は無い。他の娼婦のように店に出して、稼がせるという手段がある。

その宣告がいつされるのか、もし宣告されたとき、エリタは受け入れられるのか。

「……無理よ。考えられないわ」

洗濯から戻って来たときには既に整えられていたベッドに腰掛け、エリタは右手で目元を覆った。頭痛を逃がすように、そっと息を吐き出す。

不特定多数の男を相手にしなければならない状況は恐ろしすぎて、エリタは想像することすらできなかった。

思い悩んでいるうちに、セスを受け入れることが出来た理由に気がついてしまい、それが更にエリタを追い詰める。

どうしてセスに抱かれたあとで、穢されたとは思いたくなかったのか。無理矢理に犯されたのに、どうして嫌悪も憎しみも抱けずにいるのか。

セスに怯える気持ちはあるが、それには常に彼の心がわからないという不安がつきまとっていた。

いつだって、どうして私がこんな目に――ではなく、どうしてセスはこんなことをしたのかという疑問ばかりにエリタの思考が動いているのだ。

（……私……セスの気持ちのことばかり考えてる）

そこから導き出される答えは単純だ。

エリタは間違いなく、あの深緑の瞳に見つめられたとき、セスに恋をしていたのだ。

それは王子様に憧れるような淡いものだったかもしれないが、恋は恋だ。

でなければ、セスに想い人がいるかもしれないという話が、こんなにも頭から離れないことに説明がつかない。

メルヴィンから聞かされたのは噂話に過ぎなかったが、セスの心が誰かを想っているかもしれないと知らされて、エリタは激しく動揺していた。

認めたくないという思いが心を乱し、エリタを苦しめる。

想い人の話が真実ならば、エリタの肉体は対価としてだけではなく、その想い人へ向けられるべき欲望の捌け口としても使われているということになる。

エリタに対し、セスが労働ではなく肉体での支払いを求めたのも、それが理由だとしか考えられなくなっていた。

エリタは身代わりなのだ。見知らぬ女の代わりに、抱かれている。

それは思いがけないほど、エリタを辛い気持ちにさせた。金銭の対価として抱かれるよりも、よほど辛い。

エリタの体を弄びながら、セスは心の中で別の女性を想っているのだ。こんなに寂しいことはない。

そしてこの体が望む相手のものではない以上、セスは必ず飽きるだろう。

「……私はいつか、娼婦として客を取らされるの？」

それも、恋した相手の命令で。

「そもそも私は、こんな状況になった今でも、セスに恋心を抱いているの？」

好きだと一度は思った相手だから体を許せているだけで、今はそうではないのかもしれない。想い人の存在が気になるのも、同じ理由で気になるだけで、まだ恋しているからとは限らない。

認めたくない辛さから逃れようと、エリタの思考がさまよう。

身を引き裂くような痛みは錯覚なのだと思わなければ、エリタは不毛な嫉妬を抱いてしまいそうだった。

この心を恋だと認めてしまったら、エリタはきっと耐えられないだろう。

「だめよ。――だめ。彼は私を憎んで抱いたのよ？　愛されるわけもないのに、恋心を抱くなんて辛すぎる。勘違いよ……もう、好きなんかじゃないわ」

辛く苦しい状況に晒された立場では自分の心を定められなくて、エリタは泣きたいような気持ちで膝を抱えることしかできなかった。

# 4

いつも昼食を持ってきてくれる老女に案内されて食堂へ行くと、既にセスは席についていた。天井の照明は使われておらず、窓から仄かに入る月明かりと、テーブルの上にある燭台《しょくだい》の灯りが今の食堂を照らす総てだ。薄暗く密やかな雰囲気はエリタを緊張させ、背後で扉が閉まる音にすら肩を揺らした。

振り返ると、老女の姿は無い。この雰囲気で二人きりにされるということの意味がわからないほど、エリタの体も思考も無垢ではなくなってしまっていた。

「突っ立ってないで、こっちに来い」

声に急かされて、足を動かす。エリタは向かいの椅子に腰掛けようとしたが、背もたれに手をかけたところで「違う」と止められた。

戸惑って視線を向けると、セスは組んでいた脚を解いて、座っている椅子を僅かに斜めにした。

「こっちだ」

呼ばれてしまえば行くしかない。セスの意図がわからぬことに怯えながら、エリタはおそるおそる近づいた。目の前に立つと、深緑の瞳に囚われる。

セスはエリタを見つめたまま暫く黙っていたが、エリタが不安に身を揺らすと唇を開いた。

「フェスナ通りを知っているか？」

「……知ってるわ。東区の商店街よね。幼い頃、友人の家が通りの先にあって、良く通ったもの」

「他には？」

「他……」

唐突な質問に戸惑いつつ、思考を巡らせる。通りの中程にあるパン屋で売っているプレッツェルがとても美味しいことも思い出したが、さすがにセスがそんなことを知りたいわけではないとわかるので、エリタは困った。

「特に……その、美味しいお店とかを訊いてるわけじゃ……ないわよね？」

万が一の可能性を危惧して尋ねたが余計な一言だったようで、セスの眉間に皺が寄った。どこか不安げだった眼差しが剣呑になり、投げやりな所作で嘆息する。

空気がじわりと緊張を帯びたのがわかり、エリタはチラと自分の席を見たが、戻ってしまおうとドレスの裾を揺らしたところで、低く鋭い声に阻まれた。

「どこへいく。屈め」

「え？」

「ここに座るんだ」

足の間を指差されて、ざわりとエリタの背すじが粟立つ。

戸惑う気持ちもあったが、どうしてかそれ以上に強く官能が湧き上がっていた。予想もしていなかった体の反応に、どっとエリタの心臓が跳ねる。

屈服させられることが快楽に繋がると覚えつつある体が、セスの態度に期待するようになっている。そう自覚した瞬間、エリタは自分が恐ろしくなったが、迷う時間を与えてはもらえない。

「はやくしろ」

ためらったエリタの手を、強引な男の手が引いた。無理矢理膝を折らされ、眼前にセスの股間が迫る。微かな恥じらいに、エリタは視線を逸らした。

「物欲しそうな顔をするくせに、恥じらうんだな」

「あっ」

後頭部にセスの手が伸び、髪を留めていた飾りを外される。ほどかれた髪ごと頬を撫でられて、上向かされた。

セスの瞳に己の姿が映っているだけで、痺れるような恍惚が湧き上がる。その奥にある、ともすれば色づいてしまいそうな淡い想いを、エリタは必死に飲み下した。

「咥えろ」

「で、でも。ここじゃ――」

「君は淫乱だから、興奮するだろ？　上手にできたら、夕食にしてやる」

薄暗い闇の中で蝋燭《ろうそく》の炎を映したセスの瞳が、妖しく煌めく。猫を可愛がるように顎を持たれて、エリタは自分が支配されていることに紛れもない官能を覚えた。

こんな行為を恋人に求めるわけがないと、エリタの頭が無意識に計算する。

だからこれは、純粋なセスの欲望であり、対価に添った要求だ。セスは誰かの身代わりとしてではなく、エリタを使って快楽を得たいのだ。

もしくは、エリタを辱めて楽しもうとしている。

(――それでもいい。私を見てくれるなら)

「はやくしないと、料理が冷めるぞ」

甘く促されて、エリタの指先がベルトに伸びる。震えてぎこちない動きを楽しむような視線に晒されながら、エリタはなんとかセスの性器を露出させた。

だがここから、どうしたらいいかがわからない。エリタは、口で奉仕をしたことがないのだ。

昨日の夜に手淫をさせられたのでどこを刺激すればいいのか覚えさせられてはいるが、それを口でするとなると難しい。勃起するとそこがかなりの質量を持つことを知るだけに、口内に含むにも勇気が必要だった。

手淫でさえ、初めてまともに見せられた男性器に気後れして、最初は触れることもままならなかったのだ。エリタの手ごと性器を握られて擦られ、手の中で淫らに形を変えていく肉塊を怖れたが、セスが気持ちよさそうに息を乱すと興奮したことを思い出す。

間近で感じた体温や匂いが甦り、エリタは俄《にわか》に陶然とした。

「まだ怖いのか？」

昨夜のことを揶揄《やゆ》されて、エリタははっと我に返った。咄嗟に見上げると、森色の瞳が僅かに翳る。

「それとも、俺のは咥えられないか」

その一言は、今のエリタにとってかなりの重さを持って響いた。ここで出来なければ、相手がセスではなくなるだけだという思いが背すじを震わせる。

セスの興味が自分から離れる恐怖に突き動かされて、エリタはセスの股間に顔を近づけた。

（セス以外は、絶対に嫌。――おおきくしなきゃ）

昨夜の手淫を思い出しながら、まだ大人しい性器を見つめる。感触や形を思い出すうちに貫かれる快感まで想像してしまい、思いがけずあらぬ場所が疼いてエリタは熱い吐息を零した。

腰をもぞりと捩らせて誤魔化し、舌先で性器の先端を掬う。

そのまま吸い込むように口内に含むと、触れていたセスの腿がひくりと動いた。

先端は思いがけないほど滑らかで、思わず確かめるようにそこを舌で舐めてしまう。

怖れていたような嫌悪は、不思議と湧かなかった。

（……つるつるする）

かすかにする塩気に湧いた唾液を舌で絡ませ、手でそうしたように唇で扱《しご》く。じわりと熱が集まり、セスの性器は少しずつ形を変えていった。

「はむ……ンッ」

先端がもたげるに合わせて張り出した部分も大きくなり、エリタの口内を圧迫する。

口端から零れる唾液を手で受け止め、エリタは硬く膨らみ始めた睾丸を昨日教えられたように強く揉んだ。

「――っ、ん、ンっ――っふ」

口内に微かな苦みが混ざるようになり、より唾液が溢れてくる。思わず啜ると、セスが小さく息を詰めたのがわかり、大きくすることに夢中になっていたエリタは内心で色めきたった。

思い出したかのように体が興奮し、吐息が熱を持つ。

含みきれなくなった部分を手で擦りながら、啜るように亀頭を唇で扱く。舌で先端の溝をくじると、セスの片手がエリタの後頭部に回った。

「初めてにしては悪くないが、もどかしいな。挿入《はい》るところまで、ちゃんと挿れろ」

「ぐっ、う――ッ」

喉奥に屹立を押し込まれてエリタはえずきそうになったが、セスが感じてるのだと思えば口を離す気にはなれなかった。唇から出入りする肉に、快楽を覚えさせられた体がどうしても劣情を催す。

じわと下着が濡れたのがわかり、エリタは目元を赤くした。

何気なく上向くと、いつから見ていたのかセスと視線が合い、エリタの背すじが震える。

「今、見られていたと気づいて興奮したな。そそられたから、ご褒美をやろう。どうされたい？　エリタはマゾだから、酷くしてやろうか」

言葉にエリタが反応する前にセスの両手が頭を摑み、激しく揺さぶりはじめる。口内を出入りする屹立は更に肥大し、与えられる苦痛にエリタの目尻から涙が零れた。

「ぅむ!?　――んっッ、っむ、う！」

「噛むなよ。ちゃんと吸いついて、舌を押しつけろ」

じゅぶじゅぶと口腔を蹂躙する熱杭に顎が外れるかと思ったが、上顎を擦られるとぞくぞくとエリタの指先が痺れる。

声を出すどころか呼吸すらままならない状況にエリタの頭が真っ白になったとき、びゅっと喉奥を熱い飛沫に突かれた。

「――ぐっ、ごほっ」

解放されるままに身を屈め、激しく咽《む》せる。

はぁはぁと息を乱しながら涙目でセスを見上げると、伸ばされた指先がエリタの口端を拭ってそのまま唇の中に押し込まれた。

うっすらとした甘い苦みが、舌に擦りつけられる。セスの指が抜けることを惜しむようにエリタが爪を噛むと、眼差しが情欲にけぶった。

「下手くそ」

本気でぶつけられた言葉では無いとなんとなくわかったが、わざとらしいほど冷たい言葉に、エリタの体は恍惚に震えた。

蔑みだけは、間違いなく自分に向けられたものだとわかるからだ。

エリタの行いに、セスが評価を下している。

「……ごめんなさい」

「立て」

命じられるままによろよろと立ち上がると、強引な腕がエリタの尻をその膝に引き寄せる。

「っ、あ！　セス!?」

セスの膝に座らされたエリタは羞恥に藻掻いたが、スカートの中に手を突っ込まれてびくりと膝を閉じた。セスの腕を腿で挟んだが、指先は下着を脚の付け根まで引きずり下ろす。

「やっ、あんっ」

なんの抵抗もなく二本の指を呑み込んだそこにエリタ自身も驚き、呆然とセスを見た。

「俺のを咥えただけでこんなに濡らしたのか」

「ち、ちが――」

「へえ、じゃあどうしてこんなに濡れてるんだ？　言葉で詰《なじ》られると感じるから？」

「あっ、あぅ――んッ」

乱暴にかき混ぜられて、ぐちゅとそこから蜜が溢れる。それが腿を伝うのがわかり、エリタは手でもセスの腕を阻もうとしたが、服の上からでは意味がなかった。

「はっ、やっ、ンッ」

「ほら、聞こえるか？　たった三日でずいぶんといやらしい反応をするようになったな。俺も仕込みがいがある」

仕込むという言葉に、心が怯える。熱くなっていく体とは裏腹に胃がきゅっと痛み、エリタは深緑の瞳を見つめた。

「っ、うっ……ふ……せ、セス……私を、仕込んでどうするの？　そのうち私を、娼婦にするの？」

涙声でエリタが問うと、セスの動きが一瞬止まる。緊張と不安からぎゅうと指を締め付けてしまい、エリタはひくんと膝を揺らした。

「そんなことを聞かれるようじゃ、まだまだ俺も甘いな。もっと酷いことしないと」

「っや、なに――ッひぅ！」

ぐっと奥に押し込まれた指に子宮口のしこりを弾かれ、エリタは喉を反らせた。びくびくと痙攣する姿を横目で観察され、羞恥でどうにかなりそうになる。

不安や恐れは確かにあるのに、セスの手で鮮やかな刺激を与えられてしまうと、エリタの意識や肉体は容易く支配されてしまった。

「あっ、あっ――ッ、セスっ」

「大きい声だ。あまり騒ぐと、誰かが何事かと様子を見に来るぞ」

「――ッ！」

耳元で囁かれ、エリタはぱっと扉に視線を向けた。

その隙に胸の谷間に手を突っ込まれ、胸元が大きく開いていたドレスから乳房が片方引き出されてしまう。淡い先端を吸われ、エリタは唇を噛んだまま啼いた。

「ンぅ――んんっ、んっ」

膣内への刺激も止められず、腰からうなじにかけて交差する快感に身悶える。頭を打ち振るってエリタが限界を訴えると、セスは乳首に吸いつくのをやめたが、離し際に信じられないほど強く噛みついてきた。

「ぁあっ――ッ」

堪えきれずに零れた声が、室内に響く。エリタは荒い息のまま体を緊張させたが、セスは酷薄な顔で怯えに滲んだ涙を唇で吸った。

「来たら見せてやればいいだろう？　君は痛いのも好きだが、恥ずかしいのも好きだ」

「いや……いやよ」

「嘘だな。今度部屋に誰か呼んで、いやらしい君を見ていてもらおうか」

濡れた指が熱を持った割れ目をゆっくりとなぞり、浅く壺口を擽る。それに貪欲に吸いつこうとする体とは裏腹に、エリタは顔を青ざめさせて唇を震わせた。

「セス――お願いだから。本当に、いやよ。あ、あなた以外に、こんな姿を見られたくはないわ」

訴えた途端、股間からずるりと指が抜かれる。

願いが聞き入れられたのかとエリタがほっとしたのは一瞬で、ぶつかった視線の熱さに心が萎縮した。

「セス……？」

「馬鹿だな、エリタ。こんなにやらしい君を、誰かに見せられるわけないだろ」

はしたなさを強調するような言葉に、エリタは羞恥から身を縮める。するとセスはエリタを抱えたまま僅かに身を乗り出し、テーブルからフォークとナイフを取った。

メインの付け合わせだった人参の砂糖煮を半分に切り分けてからフォークに刺して、エリタの唇に押し当てる。

「口を開けろ。それとも下の口に突っ込んで欲しいか？」

何をするのかと見守ってしまっていたエリタだったが、とんでもない言葉に慌てて唇を開いた。口の中に人参を押し込まれると、砂糖の甘味が舌に滲む。

セスは既に何事もなかったかのような顔をしているが、昂ぶらされたままのエリタの体は抜け出ていくフォークの滑らかさにすら官能を刺激されてしまう。

疼きを堪えながらなんとか人参を呑み込んだところで、セスが意味深に微笑んだ。視線に下腹部を撫でられただけなのに、思わず膝を擦り合わせてしまう。

「物欲しそうな顔をしてるな。もう少し遊んで欲しかったか？」

淫らな気分を持て余していることを指摘されて、エリタの耳がじんと痺れる。一気に熱を持った耳殻をセスに舐められて、エリタは首を竦めた。

「遊んでやってもいいが、食事をちゃんとしてからだ。俺に抱かれる体を衰えさせることは許さない。ここに来てから、少し痩せた気がするぞ。胸だけは相変わらず立派だがな」

どこかからかうようにフォークで胸の膨らみを押されて、エリタは堪えきれずに小さく喘いだ。とっさに口を押さえはしたが、誤魔化せはしない。ふっと、セスが吐息で笑う。

「やらしく喘いで俺をその気にさせるのは構わないが、まずは口を動かせ。ちゃんと全部食べ終わったら、抱いてやる」

甘く囁いて、腰を少し揺すられる。最終的には抱いてもらえるのだとわかり、エリタの体は期待に震えた。

はしたないと思いつつも、肉体がセスを欲している。そういうふうに、エリタの体は仕込まれつつあるのだ。

いつか誰を相手にしてもそうなるよう準備されているのかもしれないが、どんなに淫らに育てられも、エリタはセスしか欲しくならない気がした。

セスに見られているから羞恥を上回る勢いで情欲を煽られるし、奥深くに刺激を欲して体が疼くのだ。

そういう仄かな確信があるだけに、胸が苦しくなる。

とても何かを食べたい気分ではなかったが、細すぎると詰る言葉の裏に、エリタの心が何かを勝手に汲み取ろうとしてしまう。

セスの心を都合良く解釈しようとする意識が、エリタの中で燻っているのだ。

(私の体を気遣ってくれているの……?)

それはどうして？　抱き心地が悪いから？　娼婦にするには見栄えが悪いから？

それとも——。

期待に奔りかけた思考を、エリタは僅かに頭を振ることで振り払った。そこで期待をしてしまったら、心が決まってしまう。

認めてしまったら、今よりもずっと苦しみは増すとわかるだけに、エリタはそれを怖れた。

「ほら、口を開けろ」

分厚いフィレ肉がセスの手によって綺麗に切り分けられ、エリタの唇に運ばれる。

逆らえずに口を開くと、小さな塊が舌の上に載せられた。口を閉じると、ゆっくりとフォークが引かれる。

その間じっと唇を見つめられて、エリタの思考が乱された。奇妙な緊張に咀嚼《そしゃく》できずにいると、「噛め」と促される。

ぎごちない動きで咀嚼して呑み込むと、次の一口がもたらされる。

セスの視線は終始エリタの唇を見つめ続けたため気を抜くことが出来ず、エリタは料理の味をまったく感じることができなかった。

# 5

コップになみなみと注いだ水を一気に飲み干し、エリタは起き上がったばかりのベッドに再び突っ伏した。

「……うぅ」

コップを摑んだことで僅かに冷えていた右手を額に当て、呻く。

まるで脳内で小人が頭蓋骨を殴っているのではないかと思うほど、酷い頭痛だった。ときおり悪心もある。疑いようもないほどに、二日酔《ふつかよ》いの症状だった。

「ひどい……ひどいわ、セス。ひどい」

恨めしげな声で、もう何度呟いたかわからない呪詛《じゅそ》を零す。

セスによって快楽を教え込まれたばかりの体はあられもないほど貪欲で、エリタの意思を無視して刺激を欲しがってしまう。口淫をさせられたあとに膣内を刺激されてしまったら、その続きを欲せずにはいられなかった。

わざとらしいほどゆっくりと食べさせられた夕食は終始エリタを緊張させたため、あらゆる感覚や判断を鈍らせていったのだ。

最終的にはワインを口移しで呑まされるままに胃に収めてしまい、席を立つ頃には思考力はほぼ奪われており、エリタは過敏になった体と性欲を持て余していた。

立たされた瞬間、大量の愛液が腿に伝い落ちた感触を思い出してしまい、きつく目を瞑る。

不意打ちの刺激に腰が砕けたエリタを、セスはその場で一度犯してから寝室に運び、その後も散々弄んだのだ。

好き勝手にされたというのに、凄まじい快感の記憶しかないことが、今のエリタを嘖《さいな》んでいた。

酔わされていたエリタに理性などあるわけがなく、羞恥すらろくに感じずに乱れに乱れた記憶だけがはっきりと残っているのだ。

昨夜の事を思い出すと、今さらのように全身を羞恥が駆け巡り、眼球が破裂するのではないかと思うほど頭部に血が上る。

そのせいで頭痛がいや増して、エリタは再び呻いた。

体を横たえているシーツから、清潔な陽の匂いしかしないのも、エリタを追い詰める。今回ばかりは相当汚したからか、起きた時点ですでにシーツが取り替えられており、エリタの体までもが綺麗に清められていたのだ。

最終的に抱き潰されてしまったエリタは後半を殆ど覚えていないが、未だになにかがはまっているような感触を残す場所が情交の激しさを物語っている。互いに汗と体液でどろどろだったことは、想像に容易かった。

「…………でもきっと、ここからなんだわ」

娼婦にするつもりかとエリタが問いかけたとき、セスはまるで愚かな質問をされたかのような反応を返してきた。お前が娼婦になれるわけないと馬鹿にするような口調に、エリタは僅かな安堵を覚えたのだ。

仕込むというからには、娼婦はただ抱かれるだけの存在ではないだろう。男を喜ばせる技術があって初めて、金銭を対価に客をとるのだ。

だがエリタはまだ、与えられる快楽に溺れるばかりで、とてもじゃないがセスを喜ばせるような技術も余裕も身につけられてはいない。

手淫も口淫も、最終的にはもどかしさに焦れたセスが好き勝手にエリタの手や口を使っていた。

昨夜、快楽に溺れたエリタが上に乗って腰を振ったときも、セスをイかせることはできていなかった。

そのことを昨夜のエリタは悔しがったが、今は違う。そんな才能、エリタには不要なのだ。エリタに絶望的なまでに才能がなければ、セスがどんなに娼婦にしたくともなりようがない。

娼婦になれなければ、セス以外に抱かれることはないのだ。

娼婦にさせられることよりも、セスにしか抱かれたくないという感情が先走っていることに気づかず、エリタは名案を思いついたような心持ちで、ゆるく吐息した。

「そうよ……。次はわざと噛みついてみようかしら」

二日酔いの頭で愚かなことを考えながら、瞼を閉じる。軽い疲労が睡魔を連れてきたので、エリタは大人しくそれに身を委ねた。


エリタが再び目を覚ますと、頭痛はすっかり治まっていた。水差しからコップに水を注ぎながら巡らせた視線が、サイドボードにある時計を捉える。

ちょうど正午を指していたこともあり空腹を意識させられるが、着替えを済ませてから三十分経っても食事が運ばれてくる気配が無かった。

仕方なく食堂に向かうと、厨房に続く扉が開け放たれている。まだ作っているところだったのかとエリタが覗き込むと、予想外の人物が右往左往していた。

「メルヴィン？」

「わぁ、エリタ！　ごめん、まだご飯できてないんだ」

声をかけるなりメルヴィンは飛び上がり、困り顔で硬直する。その焦りようがおかしくて、エリタは厨房に入りながら微笑んだ。

「いいわよ、焦らなくて。でも驚いたわ。いつもメルヴィンが作っていたの？」

「違うよ。いつもはフレソニアさんが作ってくれてるんだ。だけど今日は腰が痛むみたいで、来られないって」

「フレソニアさんって、いつも私に昼食を運んで来てくれるお婆さんのこと？」

「たぶんそう。別館にいるのは、たいてい俺とフレソニアさんだけだから」

「そう。腰が痛いのでは、動けないわよね。大丈夫なのかしら？」

「ただの腰痛だから大丈夫だよ。明け方に冷え込むと痛いんだってさ。それよりエリタが心配しなくちゃいけないのは昼飯だよ。俺、料理は苦手なんだ……」

そわつく手つきで調味料の瓶を摑んでは置くのを繰り返しながら、メルヴィンの視線が四方をさまよう。本当に何もわからないらしく、最終的には片手鍋を抱え込んで途方に暮れた。

「俺だけだったら、芋とか適当に齧っちゃうんだけど……エリタにそんなものを食べさせたらセスに殺される。面倒臭いって言われそうだけど、本館で食事をわけてもらったほうがいいかなぁ」

「あら、そんな必要はないわ。手伝うから、一緒に作りましょう？」

「えっ、エリタ料理できるの？」

尊敬の眼差しを向けられ、思わずエリタの視線が泳ぐ。エリタが作ったことがあるのは、クッキーやスコーンなど、簡単な焼き菓子だけだ。

それも料理上手だった母の手伝いをしただけで、正確な手順は知らない。

「………なんとかなるわよ」

ぼそりと告げると、メルヴィンの口から「えぇー」と情けない声が洩《も》れたが、エリタは無視して鍋を取り上げた。

「料理を作る人が偉大だということはわかったわ」

焦げた肉と生煮えの野菜スープを高原を見渡すような眼差しで眺めながら、八等分にした林檎を頬張る。エリタの隣ではメルヴィンも、林檎を丸囓りしていた。

「……林檎食うのはいいけどさ、これどうすんの？」

「お、お肉は無理だけど、スープはお塩を足して煮込み直せば大丈夫よ、夕飯に食べましょう。無駄にしたりなんかしないわ」

「う、うん。葡萄食べる？　確か保冷庫にあったと思う」

「……これだけでいいわ」

「……素直に、本館行けばよかったな」

「ごめんなさい、私が余計なことを言ったから」

「いいよ。楽しかったし」

しゅんと肩を落としたエリタを、メルヴィンが慰めてくれる。

明るい声に救われた気持ちで微笑むと、メルヴィンも微笑んでくれた。

目元を笑ませたまま、メルヴィンが口の中に林檎の芯を放り込む。そのことにも驚いたが、その口から種すら出てこなかったことにも驚いてエリタがぽかんとすると、メルヴィンがいたずらっ子のようにニッと口端を上げた。

「そんなところまで食えるのって顔だな」

「え、ええ。だって、苦くはないの？」

「苦いし不味いよ。でも食えるから。あ、エリタは食うなよ？　腹壊したら大変だ」

「私が食べたらお腹を壊すの？」

「たぶん。今まで胃に入れてきたものが違うからな。耐性がないだろ？」

「よくわからないわ」

「カビが生えたパン食ったことある？」

「……ないわ」

「だよな。だからやめたほうがいい。美味しいところだけ食えばいいよ」

メルヴィンの口調はさらりとしていたが、エリタは単純に頷くことができなかった。昨日から気になっていた疑問が、喉の奥からせり上がってきて口を突く。

「メルヴィンはどうしてカビが生えたパンを口にしなければならなかったの？　まだ子どもなのに、どうして娼館で働かされているの？　もしかして、無理矢理この店で働かされているの？」

「ち、違う違う！　誤解だよ、誤解！　この店は――セスは俺を助けてくれたんだ！」

「……どういうこと？」

そんな否定では、エリタの不安は拭われない。強い眼差しで説明を求めると、メルヴィンは左手でぐしゃぐしゃと後頭部を掻いた。

「俺、孤児なんだよ。三歳の時に捨てられて、七歳になるまで孤児院にいたんだ。だけど、俺はそこで職員に虐待されてて――このままじゃ殺されるって思ったから、逃げ出したんだ。必死で逃げて逃げて、迷い込んだのがこの娼館街だった。空腹で行き倒れてたところを、セスが拾ってくれたんだ。飯食わせてくれて、ここに連れてきてくれた」

「それで働かされているというなら、助けたとは言わないわ」

「働かせてくれって言ったのは俺のほうからだよ。ここはエリタが言うとおり娼館だ。普通だったら、逃げ出した孤児院に連れ戻されてたと思う。けどセスは、ランフォスさんを説得して俺を雇ってくれた。仕事を与えて、俺にここで生活する権利を与えてくれたんだ」

「……でも」

それでも、幼い子どもが労働させられているという状況は、エリタにとっては受け入れがたい。彼らの仕事は遊び甘えることであって、こんな現実的な労働であるべきではないのだ。

「エリタは優しいんだな」

「……そんな言葉を向けられる資格はないわ。理不尽だと思っても、私にはあなたの生活を変える力がないもの」

自分の身すら、支えられていない。

与えられた遺産を奪われていなかったなら、この小さな手を救う手立てがあったかもしれないが――。

「ごめん。エリタがそんなに気にすると思わなかったんだ。俺にとっても、もう過去の話だし。今はすげぇ幸せだから、そんな悲しそうな顔しないでくれよ」

「ごめんなさい、その通りね。本人が前向きに生きているのに、それを憐れむのは失礼だわ」

口に出した瞬間、エリタは「あ」と呟いて、己の口元を押さえた。

ここに連れてこられたとき、セスに言われたことを思い出す。

(……ああ、私はなんて愚かなの。確かにセスの言うとおりだわ。彼女たちを憐れんでいいのは、彼女たちが本当に憐れだとわかる人だけなのね)

その境遇だけで、判断していいことではない。

エリタは自分が彼女たちを憐れむモノとして見下していたことに気づかされ、心の底からその傲慢を恥じた。

（お父様のお心を継いだつもりでいたけれど、こんな慢心があっては、付けいられて当然ね。私はまだまだ、思い知らなければならないことがたくさんあるんだわ）

そう思えば、クレオに騙されたことも無駄ではなかったのだと、エリタは納得することが出来た。

屋敷を追い出されていなければ、セスにもメルヴィンにも出会うことはなく、彼らを通して、己の浅はかさに気づく機会もなかっただろう。

「ちゃんと給金だってもらってるんだ。俺、それがある程度貯まったら、学校行こうと思ってる。セスみたいに頭良くなって、稼ぐ男になるんだ！」

キラキラと未来を語る瞳はなんて美しいのだろうと、エリタはメルヴィンに見惚れた。彼の生命力溢れる姿は、エリタにまで活力をくれる。

（身一つになったことは、お父様の精神を受け継ぐには必要なことだったのね）

クレオに騙されたのは己の落ち度だと、エリタは最初から思ってはいたが、騙したクレオを恨んでいなかったわけではない。

けれどその僅かにあった恨みすらメルヴィンの笑顔に浄化された気がして、エリタはその小さな体を抱き締めた。

「わっ、エリタ!?　なにっ」

「素敵だわメルヴィン。頑張ってね」

「う、うん。……え、エリタ。胸が苦しい」

「あっ、ごめんなさい」

　感激するあまり、メルヴィンの顔を思い切り胸に押しつけてしまっていたことに気がついて、エリタは慌てて腕を離した。ぷはっと息を零したメルヴィンの顔が真っ赤で、相当息苦しい思いをさせてしまったらしいと反省する。

「虐めたわけじゃないのよ？　感動して――」

「わかってる。むしろ息が保つならもっと味わいたかった」

「え？」

「エリタのおっぱい、すっごくやわらけぇ」

　零された一言に、今度はエリタが赤面させられる。子どもの無邪気な反応だとわかってはいても、セスがやたらと揉んでくることを思えば、一概に子どもだけの意見だとは思えなかった。

「……そんなに柔らかい？」

「すげえやわらかかった。もっかい触ってもいい？」

「だ、だめ」

「ちぇっ。まあ、いいって言われても困るか。セスにバレたら殺されるし」

ぼそりと呟かれた言葉は、前にも言っていたものだ。エリタは気になって、思わず問いかけていた。

「セスに殺されるって、私に触るなって言われているの？」

「いや、直接言われたわけじゃないけど……。子どもなのに、俺をエリタに関わらせようとしないいし」

「え？」

「食事運びとかお迎えとかさ、普通は、お婆ちゃんじゃなくて子どもの仕事っしょ」

言われて見ればその通りだ。フレソニアさんは腰が少し曲がっているし、トレイを持つ手も震えていた。

「どうしてかしら？　あなたはとてもしっかりしているし、粗相をするような子ではないのに」

「男だからだろ。その林檎食べないなら、残りもらってもいい？」

「えっ？　ええ。林檎はいいけれど、え？　どういう意味？」

「だから、俺が雄《オス》だからだよ」

雄という言葉とともに「ガオー」とわざとらしく獣を装われて、ようやく意味を理解する。理解はしたが、理由はわからなかった。

「……子どもじゃない」

「だから、子どもの俺すら許容できないっつー、大人げないレベルで男を警戒してるんだろ。もしかして、めちゃくちゃ執着されてる自覚ないの？」

「……え？」

林檎を口内に放り込み、ぺろっと指を舐めたメルヴィンを、首を傾げたまま凝視する。だがすぐにセスの考えに思い至り、気持ちが重くなった。

「子どものあなたまで警戒するのはやり過ぎだと思うけれど、セスにとって私は商品なんだわ。だから、大事なんじゃないかしら？」

「ごふっ!?」

咀嚼《そしゃく》していた林檎を噴きだして、盛大に咽《む》せたメルヴィンの背中を、慌ててさする。エリタが水を差し出すと、メルヴィンはそれを一気に飲んだ。

「大丈夫？」

「――ッ、平気。びっくりして。……エリタってどっかに売られるの？　借金の代わりにセスに抱かれてるって言ってたよね？」

「そうだったんだけれど、セスは私を仕込み終わったら、娼婦にしようと考えているようなの。ねえメルヴィン。こんなこと、あなたに聞くべきじゃないとは思うのだけれど……娼婦の才能が無い女は、娼婦にはなれないのかしら？」

さっきまでは、才能が無ければ売りようがないと思っていたエリタだったが、辛い境遇にあっても前向きに生きているメルヴィンの姿を見たあとで、そんな甘えを自分に許す気にはなれなかった。

「それと、娼婦の相場を知ってる？　私は本当に無知で、何もわからないから不安なの。私の体は一晩幾らなの？　借金は幾ら残っていて、何夜耐えれば、セスに恩を返せる？」

「…………ごめん、俺じゃわからないよ」

「そう、よね。ごめんなさい。変なことを聞いて。さて！　お腹もいっぱいになったし、午後は何をするの？　手伝うわ」

微妙な空気になる前に、エリタは両手をパンと打ち鳴らして席を立つ。メルヴィンもつられるように椅子から立ち上がったが、首を左右に振った。

「手伝いはいいよ。俺の仕事だし」

「お願い、手伝わせて。部屋でじっとしていたくないの」

エリタが懇願すると、メルヴィンはいつかと同じようにぎこちなくだったが頷いてくれた。

午後からのメルヴィンの仕事は、食堂の掃除だった。別館自体がわりと小ぶりな建物だからか広くはないが、狭くもない。

ここを子ども一人で掃除するのは大変だろうと思えば、手伝えて良かったとエリタは思った。本来協力するはずだったフレソニアにも、ここの掃除は重労働だっただろう。

「椅子を全部上げたわ。次はどうするの？」

「床を磨くんだよ。水を撒くから、このブラシで擦って」

「わかったわ」

二人で協力して床を擦り、水気を取るためにモップをかける。今まで眺めるだけだった作業はとても大変で、エリタは屋敷で働いてくれていた使用人達のすごさを痛感した。

料理人、掃除夫、洗濯女、どれほどの人たちに自分の生活が支えられていたのかということを、今更のように思い知る。

裕福な家の娘だったので、あの境遇を当たり前のように思っていたが、思い返せば父親も母親も、使用人たちにきちんと感謝していた。エリタも倣って挨拶や感謝の言葉を口にしてはいたが、労働に対する正当な感謝が込められてはいなかっただろう。

それでもここは働きやすいと笑ってくれていた者達を思い、エリタは切なくなった。

（セスにお金を返し終わったら、カルゲンを捜してみよう。お父様が若い頃から仕えていてくれたんだもの……その縁を切られて一番悲しんでいるのはあの人だわ。私を、きっと恨んでる。謝らなくちゃ）

エリタ自身も乳飲み子の頃から世話になっていた執事のことを思い出すと、自然と瞳が潤んだ。泣くまいと奥歯を噛み締めたところで、床に艶を出すためのワックスを取りに行っていたメルヴィンが戻って来た。

「エリタ、用具室にワックスなかった！　本館にならあると思うから、取りに行ってくる」

「待ってメルヴィン！」

「なに？」

「私に行かせて」

単調な作業では思考が沈んでしまいそうだったので、気分転換がしたかった。「でも」とメルヴィンは渋ったが、思い詰めて泣いたりなんかしてしまったら、それこそメルヴィンを困らせてしまう。

「お願い。腰が痛くて」

ある意味本心だったので腰を擦ると、メルヴィンが苦笑した。

「あははっ。そっか。じゃあ取りに行くついでに体ほぐしてきなよ。本館の用具室は、二階の東側にあるから。U字型になってる突き当たりじゃなくて、角だからな。間違うなよ?」

「わかったわ。ありがとう」

差し出された手にモップを預け、ほんの少しだけ遠回りをさせてもらう。外の空気を吸ってから、エリタは本館に向かった。


改めて訪れたことで冷静に見回した本館は、豪奢なホテルのような内装だった。ロビーを兼ねたエントランスホールは三階まで吹き抜けになっており、天井ではクリスタルガラスのシャンデリアが空間を支配するように煌めいている。

透明ではなく、赤く色がついていることで、ここが異空間であることを示していた。それでも、デザインが繊細で美しく、素晴らしい輝きを放っている。

絶妙なバランスで、品格が維持されていた。

絨毯や飾り一つとっても娼館であることを匂わせているのに、決して下品ではない。

フロントを両腕で包み込むようにある階段には蝶のように艶やかな娼婦がちらほらといて、客の訪れを待っているようだった。

「まるで夢の中にいるみたいだわ」

生々しい欲望を扱うところでありながら、夢を売る場所でもあることを痛感して、エリタはある種の魅了を振り払うように頭を軽く振った。

ホールの脇を抜け、二階に続く別の階段を探す。奥に進むと、エレベーターホールを挟んで螺旋階段があった。

照明が絞られているからか、密やかな空気に満ちている。足音を消す毛足の長い絨毯の柔らかさを靴底に感じながら、エリタは二階に上った。

左右に扉が並ぶ廊下に踏み入った途端、空気の濃度が変わる。

淫蕩な気配に気後れしたところでどこからか女の喘ぎ声が聞こえて、エリタはびくりと肩を竦めた。

一度耳に捉えてしまったからか、そこここからベッドの軋む音や嬌声が聞こえ始める。

エリタが泊まったことのあるホテルでは、こんなふうに室内の物音や声が聞こえたことはなかった。

（造りが安いということはないから、わざと薄くしてあるんだわ……）

同性の発する声だというのに、妙な気分になってくる。エリタは歩く速度を速め、東側の角に向かった。

室内に続く扉とはあきらかに違うシンプルな扉を見つけ、駆け寄る。ドアノブに手をかけたところで、背後から誰かがエリタに抱きついてきた。

「ッ!!」

声も出ないほどに驚いて、体を揺らす。必死に首を捻ると、すぐ近くに赤ら顔の男がいた。四十手前ほどだろうか、仄かにする酒の臭いで、相手が酔っていると知る。

この娼館に遊びに来ている客だろう。

「あ、あ、あの……ッ」

「見かけない後ろ姿だと思ったら、やっぱり新人か。顔もかわいいね。名前なんていうの？」

ここが高級店だからか客筋がいいらしく、不思議と下品さはなかったが、エリタを触ってくる手には容赦が無い。誤解を解きたかったが、それよりもその手をなんとかしたくて、エリタは身を捩った。

「は、離してくださ――」

「お？　いいね。反応が初心だなぁ」

酔っているからかエリタが本気で動揺していることに気づかず、男の手は重さを確かめでもするかのようにエリタの胸を下から持ち上げて揺らした。

「きゃぁ！　いやっ!!」

瞬間的に湧き上がった羞恥と驚愕に、大声がでる。驚いたのか男が手を離したので、エリタは距離を取った。胸を両手で隠すようにして振り返り、涙目で男を見据える。

目が合うと、ぽかんとしていた男の顔が酔いに重なるように赤味を増した。それが怒りのせいだとわかったのは、男が怒鳴ったからだ。

「なんだその態度は!?　君を買ってやろうかと考えてやったのに、俺は痴漢か!!」

「あ、いえ……その」

剣幕に気圧されてエリタが後ずさると、男は前進して迫ってくる。通路に響くような大声なのに、人が部屋から出てくる気配はなかった。

「俺は楽しむために大金を払ってるんだ！　ここに来ているのは、女に侮辱されるためじゃないぞッ」

「きゃっ」

エリタの背が扉についたところで一気に迫られ、伸ばされた手に髪を鷲掴まれる。ぐっと引かれて前屈みになったところで、エリタの脇に誰かが現れた。

エリタの髪を掴んでいる男の手を、自然な動作で摑み上げて離させる。

その気配だけで、安堵よりも強く、喜びに似た高揚がエリタの胸に湧き上がる。恐ろしさに萎縮していた心が、瞬く間に解放された。

（……セス）

凛とした立ち姿に頼もしさを感じて、乱れた髪を直すことも忘れてセスの横顔に見惚れる。

「モルスト様、どのような粗相があったかは存じませんが、暴力はおやめください」

「邪魔をするなっ。俺はこの女に痴漢扱いされたんだぞ！　侮辱だッ」

再び伸ばされた腕からエリタを庇うように、セスの体が割り込んでくる。視界を覆うほど間近にある背中にエリタは縋ってしまおうかと思ったが、後ろ手にセスの腕が伸ばされ、脇に押し退かされてしまった。

拒絶に心が冷えたが、すぐにエリタが居た場所にセスが下がってくる。

押し退かされた体を立て直して見上げると、モルストがセスの胸ぐらを摑み上げていた。セスはエリタが壁と己の体に挟まれぬよう、退かしてくれただけだったのだ。

「彼女は当店の娼婦ではございません。紛らわしい行動をしたことは、私からきつく叱っておきますので、今回はどうかご容赦を――」

「煩《うるさ》いッ」

酔いが感情を高ぶらせているのか、モルストは酷く興奮している。今にも殴りかかりそうな形相に、エリタは動揺した。助けられはしたが、自分の代わりにセスが暴力に晒されることを望みはしない。

「セス！」

「いいから、君も謝りなさい」

「ごめんなさい。驚いてしまっただけなんです。決して、あなたを侮辱したわけではありません。ごめんなさいッ」

セスを解放して欲しい一心で、促されるままにがばりと頭を下げたが、モルストの手はセスから離れなかった。

「この通り、反省しております。どうか、ご容赦を」

「ふざけるな、そんな謝罪で俺の気が――」

「あーっ、こんなところにいたぁ！」

場の緊迫を削ぐような甘い声が、モルストの怒声を遮る。驚いてエリタが振り向くと、すぐ脇を赤毛の美女が通り抜けた。

タイトな臙脂《えんじ》色のドレスには大胆なスリットが入っており、白く肉感的な腿が僅かに覗く。上品さのなかに滲むような妖艶さのある女性だった。

エリタには到底真似できない、濃厚な色気が甘やかな香水の香りと共に振りまかれている。

「モルスト様、いったいいつまで私を放置するおつもりなの？　私がどれほど貴方と過ごす時間を待ちわびていたと思っているのかしら？」

「テレティーシャ、部屋で待っていなさいと言っただろう？」

「遅いんだもの。心変わりでもされたのかと心配したのよ？　セスの服なんて摑んで……まさか口説いていたの？」

告げながらテレティーシャが手の甲をするりと撫でると、モルストは大いに動揺し、セスを突き飛ばすようにして手を離した。

「ち、ちがうっ」

「そう。安心したわ。貴方はこの後も私のものね？　一晩中、私を抱いていてくれなければ嫌よ？」

そっと胸元に寄り添い、テレティーシャが淫靡な眼差しでモルストを見つめる。モルストの気は、それで完全にテレティーシャに向かったようだった。細い腰を抱き寄せると、セスを一睨みする。

「君、ちゃんとその子を叱っておきなさい。それが店のためだ」

あきらかに格好をつけた態度でモルストがそう告げると、セスは神妙に頷いた。それに満足したように鼻を鳴らし、テレティーシャと共に通路の奥に消える。

その気配が完全に消えてから、セスがエリタに向き直った。

ようやく己に向いた深緑の瞳に動悸が速まったが、みっともなく声が震えぬようなんとか取り繕って、エリタは頭を下げた。

「あ、あの。助けてくれて、ありがとう」

「どうしてここにいる」

先ほどの柔らかく丁寧な口調とは裏腹な、冷ややかな言葉がぶつけられる。

客を怒らせてしまったのだから当然だが、エリタは夢から覚めたような心地でしゅんと肩を落とした。

「ごめんなさい。食堂のお掃除をしていたのだけれど……」

「なんだって？」

不意に疑問を挟まれてエリタは戸惑ったが、確かにセスからすれば脈絡のない話だと気がつく。

「ええと、メルヴィンを知っているでしょう？　成り行きで、お手伝いさせてもらっていたのよ」

「どういう成り行きでそんなことに――いや、いい。後でメルヴィンに聞く。それで、食堂を掃除していたはずの君が、なぜここにいる」

「ワックスがなかったのよ。だから、こちらのを借りに来たの」

ちらと用具室の扉を一瞥すると、セスの眉間に皺が寄る。セスが言いたいことがなんとなくわかったので、エリタは先回りした。

「私が行きたいと言ったの。モップがけなんてしたことがなかったから、腰が痛くなってしまって……その、体をほぐしたくて」

眉間の皺が一本増え、セスの不機嫌度が増す。エリタが困って視線をさまよわせると、奥から鮮やかな金髪の青年が現れた。

エリタの視線に反応して、セスも振り返る。

「ランフォス、遅いぞ」

「みたいだね。トラブルだって聞いてきたんだけど、もう解決しちゃった？」

ランフォスはセスに睨まれても、人懐こい顔で笑って頭を掻いた。エリタは聞き覚えのある名を必死に記憶から引っ張りだし、セスが以前、ここの店主だとその名を出していたことを思い出す。

（こんなに若い男性が、この大きな娼館の主なのね）

年齢もそうだが、見た目も娼館の主というイメージを大きく裏切っていた。温和そうで茶目っ気のある榛《はしばみ》色の瞳や、ミディアムグレーのスリーピーススーツを綺麗に着こなしている姿は爽やかすぎて、とても夜の商売をしているようには見えない。

ふいに視線が合って微笑まれたことで、エリタは随分と無遠慮に見てしまっていたことに気づかされ、慌てて視線を逸らした。

「解決しちゃった？　じゃないだろうが。店主が真っ先に駆けつけろとは言わないが、どうして地下の事務室にいた俺より来るのが遅いんだ」

「いやぁ、怒鳴り声が聞こえたからさぁ、荒事は君の担当かなぁと」

「……ランフォス」

「怖い顔するなよ。僕が喧嘩とかからっきしなの、小さい頃から知ってるだろ？　十八のとき、五歳の君に泣かされた僕を甘く見るなよ？」

「自慢げに話すな。だいたい、あれはお前がぼけっと突っ立ってたところに、俺が突っ込んだだけだろうが」

「いやぁ、ジャストな身長だったよね。あのとき、絶対にめり込んだと思ったよ。僕は娼

館の跡継ぎでありながら、一生童貞のままで死ぬんだと覚悟したね」

下品な話なのに、軽快な語り口につられてエリタは思わず笑ってしまった。それに対してランフォスに「あ、笑った」と反応されてしまい、赤面する。

「うん。顔色もよくなったね。もう怖くない？」

気遣う言葉に、エリタは自分が先ほどの一件で顔色を悪くしていたのだと知る。思わずセスを見上げると、視線を逸らされてしまった。

その態度が照れ隠しに見えてしまい、エリタはドキリとした。

（セスも、私を心配してくれていたの？）

そう視線で問いかけても、無視されてしまう。やはり勘違いかとエリタが気を落とすと、ふふ、とランフォスが笑った。

「セスは意外と不器用だからね。でも僕はお兄ちゃんみたいなものだし、使われるのもやぶさかではないよ」

「煩い、黙れ」

「なんだよ。いつもならこの話をしても、鼻で嗤って一蹴するくせに」

「余計なことを言うな」

ぱっと手で払うような仕草をしたセスが照れているように見えて、エリタは驚いた。久しく見ていなかった自然で可愛らしい表情に、つかの間心を奪われる。

やはり魅力的な男性だと、思わずにはいられなかった。

無意識に見惚れていたエリタの顔を、不意にランフォスが覗き込んでくる。エリタが驚いて半歩下がると、ランフォスはすぐに顔を離した。

「あ、ごめん。近すぎたね。いやー、でも君が噂の囲い姫か。さすがセスのとっておきなだけあって、美人だね。美人だけど派手じゃないところがいい。控えめで品がある子は、男受けがいいんだ。胸が大きいのも素敵だね。店に出るのはいつ？」

ごく自然に問いかけられてエリタが言葉を失っていると、ランフォスの脳天にセスの拳が振り下ろされる。

ガンッと勢いよく沈んだ頭にエリタはびくっと身を竦ませたが、ランフォスは変わらず暢気な声で「いたいなぁ～」と苦い顔をしながら上体を起こした。

「冗談じゃないッ。馬鹿なこと言ってないで、仕事に戻れ！」

強い咎めの言葉とともに、セスがしっと猫の子でも追い払うように手を振る。

ランフォスはそんなセスの態度をからかうような視線を向けたが、なにも言わずに去って行った。

エリタはというと、ランフォスの言葉にも衝撃を受けていたが、セスの強い否定にも複雑な気持ちを味わわされていた。

すぐに娼婦として働けるような才能がないことに罪悪感を覚えるが、それ故にまだセスの腕の中にいられることに安堵してしまうのだ。

このままずっと、あの逞しい腕の中だけに閉じ込められていたいとすら思ってしまい、エリタは己の大胆さに頬を熱くした。

じわり、じわりと自分の心が否定できないところまで近づいてきている。そのことを恐ろしいと思いながらも、セスに惹かれる気持ちが誤魔化せない。

セス以外の男に性的に迫られたことで、どう足掻こうともエリタの気持ちの輪郭が浮き出てしまっていた。

(急に知らない男の人に抱きつかれて、すごく怖かった)

唐突だったのもあるが、セス以外の誰かに体を触られるのは嫌だと心の底から思う。

だからこそ助けに来てくれたのがセスで、エリタは本当に嬉しかったのだ。

けれどこの気持ちは、エリタの現状を救ってくれはしない。むしろより追い詰めるものだとわかるだけに、エリタは唇をきゅっと噛み締めた。

(…………私は、この気持ちを認めてしまっていいの?)

沈む気分のままに悩んでエリタはうつむいたが、そこに懐中時計が落ちていることに気がついて身を屈めた。

「……セス、これ」

落ちていたのだと差し出すと、セスは反射のように上着の胸元を押さえた。おそらくそこにあったのだろうとわかる動きが、懐中時計の持ち主を教えてくれる。

「あなたのなのね？」

「――ああ。さっき揉み合ったときに落ちたんだな」

差し出された手に載せると、セスは大事そうにその表面を撫で、ぱかりと蓋を開いて中を確かめた。自分が原因で落としたこともあり、エリタも気になって覗き込む。

「壊れてはいない？」

「大丈夫だ。ちゃんと動いてる」

覗き込んでいたからか、斜めにして文字盤を見せてくれる。僅かに近づいた体にひくりとエリタの肩が震えたが、セスは気づかなかったようだった。

意識しすぎる心を必死に宥めつつ、改めて文字盤を覗き込む。中の仕掛けが見えるようにデザインされたそれは目に楽しく、そして美しかった。

「素敵な時計ね」

「親の形見なんだ。俺の親父が、母に渡したもので――それを俺が、勝手にもらった」

「勝手に……？」

苦いものが含まれた声音に首を傾げると、セスはエリタをじっと見下ろしてきた。

美しい瞳は、エリタを深い森の中で迷わせる。

何かを訴えるようであることはわかるのに、その眼差しの意図を汲み取れない自分を、エリタはもどかしく思った。

示されるものであるならば、一つ残らず汲み取ってあげたい。セスの気持ちはわからないことが多いだけに、そう思わずにはいられなかった。

だからこそ、一歩踏み込んでしまいたくなる。

「どうして、勝手に持ち出してしまったの？　大事にされていたものなら、悲しまれたんじゃないかしら」

「平気だよ。死んでるからな」

「あ……。ごめんなさい、私――。そういう意味だとは思わなくて」

エリタの心は申し訳なさで一杯になったが、セスに気にした様子はなかった。懐に時計をしまい、思い出したように用具室の扉を開ける。

ワックスを出してくれようとしているのだと気づいて、エリタも後に続いた。

「俺の母は娼婦でね、ここで働いてたんだ。だから、正確には俺の親父はわかってない。

けれど、母親と密かに恋仲だった男が、それは絶対に俺の子だから産んでくれと頼んだらしい。俺が産まれるまでには親を説得して絶対に迎えに来るからと、その男は当時店主だったエミリオさん――ランフォスの親父さんに拝み倒して、面倒をみてくれるよう計らってもらったんだ。ヤツを見てわかるだろうが、親子揃って人が良いからな。俺は無事に産まれた。母子共に健康。だが、親父は迎えに来なかった。説得に時間がかかっているんだろうと、母親は男を信じて仕事を再開した。身請けしてもらう予定だったが、男から預かっていたのは俺を出産するまでの費用だけだったから、借金は借金として残ってたんだ。二年待って、三年待って――俺は四歳になった。この歳になると、ある程度の状況は理解出来ていたから、母親と一緒に男の――親父の迎えを待っていた。内心では、もう親父は来ないだろうと思っていたが、健気に待っている母親の心を傷つけるようなことは言えなかった。――っと、十リットル缶しかないな」

セスが棚から取り出したワックスの缶は思いの外大きく、エリタは重さを覚悟して両腕を差し出したが、ふっと鼻先で笑われて横をすり抜けられてしまう。そのまま廊下に出られてしまい、エリタは戸惑いながら後を追いかけ、用具室の扉を閉めた。

持つと言おうとしたが、話の続きを始められてしまい、興味から口を挟めなくなってしまう。

セスが自分のことをエリタに話してくれているという状況は不思議だったが、だからこそ貴重だと耳を澄ませる。

吐息一つが話の邪魔になりはしないかと、エリタは必死に息を殺した。

「俺が五歳になったとき、エミリオさんもこれはさすがにおかしいと思ったらしい。信じられないことに、エミリオさんも母親と同じように、親父のことを信じて待っていたんだ。親父の必死さや誠実さは、決して無責任なものではなかったから、説得に失敗したとしても絶対に来ると思っていたんだとさ。だから、普段だったら絶対にしないことだったにもかかわらず、親父のことを調べてくれたんだ」

言葉が途切れたので何かと思ったエリタだったが、周囲に意識を向けたことで、すでに連絡通路に繋がる扉まで来ていたことに気づいた。荷物を持つセスの代わりにエリタが扉を開けるべきだったのに、出遅れて先に開けられてしまう。

重そうな缶を片手で軽々と持つ腕を頼もしいと感じたが、すぐにその力が自分すら軽々と抱き上げることを思い出してしまい、動揺する。

「どうした？」

「い、いえ……それで、どうなったの？」

こんなときによこしまなことを考えてしまった自分を内心で罵りつつ、先を促す。

「なんてことはない、親父は俺が産まれるよりも先に、事故で死んでいた。そしてそれを知った母親は、あっさりと俺を捨てて後追い自殺しやがったんだ。そうして、約束の証にと母親に預けられていた懐中時計は、俺の形見になった――ってわけだ」

「――セス」

かける言葉がみつからず、絞り出すような声でセスの名を呼ぶ。そんなエリタの同情を拒むかのようにセスは食堂に踏み入り、ワックス缶を下ろした。

あと少し、あと三歩分食堂までの廊下があったなら抱き締められたのにと、セスの背中を見つめながら悔やまずにはいられない。

同情を拒まれはしたが、話してくれたことにはなにか意味があったはずなのだ。

エリタはセスの心の片鱗を逃してしまった気がして、己の不甲斐なさに気落ちした。

「わぁ、セス！」

うつむいていたエリタを、大きく響いたメルヴィンの声がびくりと跳ねさせる。視線を上げると、狼狽するメルヴィンが奇妙な形で両手を動かしていた。

「いやそのこれは……」

「動揺するということは、自分が何をやらかしたのか理解はしているらしいな」

「えっと、その」

「いいわけは無用だ。親しくなったというなら、エリタが望んだときのみ会話くらいは許してやる。一日中一人では、彼女も退屈だろうからな。だが、二度とこんな雑用はさせるな。次はないぞ」

「はいっ。申しわけありませんでしたッ」

子どもらしからぬ動きで直立し、メルヴィンが頭を下げる。蒼白な顔色にただならぬ空気を感じて、エリタはセスの前に立った。

「私がやりたいと言ったのよ。メルヴィンは悪くないわ」

「そんなことはわかっている。その上で叱っているのだと、君にはわからないのか？　君の仕事は、ブラシで床を磨くことでも、用具室に掃除道具を取りに来ることでもないだろ」

ぐっと顎を摑まれて、セスがまだ先ほどの一件に対して怒っているのだと知る。エリタは必死に頷いて、「ごめんなさい」と謝った。

「部屋に戻っていろ」

「……はい」

この後でメルヴィンと会話することを許さないつもりらしく、セスが去る気配が無い。エリタが仕方なく扉に向かうと、セスの後ろでメルヴィンが必死にエリタに対して身振りで謝っていた。

それはセスに向けたものとは違う、子どもらしいものだったので安心し、廊下を歩く。

部屋に戻ると、エリタは朝食として用意されたままになっていたガラスポットを傾け、グレープフルーツのジュースをグラスに注いだ。

冷たくはなかったが、強い酸味が爽やかに喉を刺激してくれる。ほっと息を吐いて椅子に腰掛けると、エリタは先ほどセスがしてくれた話を今一度反芻した。

「そういえば、初めてこの部屋に来たときも、お母様が娼婦だったと言っていたわね」

母が娼婦で自分も娼館で働いているから、セスは自分を卑しい人間だと言ったのだ。

エリタとは、住む世界が違うと。

あのときよりもその言葉が心に深く刺さるようで、エリタはそっと胸を押さえた。

抗いようもなく、愛しいという想いが滲んできてしまう。

本当に誤魔化しようのないところまで気持ちが昂ぶってしまっていることを、エリタは絶望的な気持ちで自覚していた。

# 6

事務室へ戻ると、セスは真っ先に水をコップ一杯飲んだ。

心を落ちつけるように深呼吸し、エリタの無防備さへの苛立ちをひとまず胸中にしまいこむ。そうして、トラブルを聞きつけるなり放りだしていた書類整理に戻ろうとしたが、椅子に腰掛けたところで扉をノックする者がいた。

「今度はなんだ」

立て続けの妨害に苛立ちを隠さず返事をすると、現れたのはランフォスで、セスの眉間に皺が寄る。

「そんな露骨に嫌そうな顔しなくても」

「お前には仕事の邪魔しかされたことがない」

「そんな冷たいことばっかり言うと、お兄ちゃん拗ねるぞ」

「かってにしろ」

「あ、そんなこと言っちゃうんだ？　モルスト様がエリタちゃんになにしでかしたか、知りたくないいんだ？」

「聞かなくても想像はつく。あの御方は酒の弱さとプライドの高さが欠点だからな。おおかた新人だと勘違いして、からかおうとしたんだろう。痴漢扱いされたと憤慨していたからな。抱きついたか……胸を触るかしやがったんだ」

「エリタちゃん、胸おっきいもんね……。僕でも酔ってたら揉むわ」

「そんなことしてみろ、お前でも殺すぞ」

わきわきと両手を動かしたランフォスを、睨み付ける。ただでさえ自分の予想に腸《はらわた》が煮えかえるような怒りを覚えているので、余計な茶々を受け流す余裕がなかった。

「わぁ、目が本気だよ。やめようよ。お兄ちゃんそんなことしないよ」

「どちらにしろお前は下戸《げこ》だろうが。――で、実際はどうだったんだ。誰か見ていたのか？」

「さあ？」

「お前、さっき仔細《しさい》を知りたくはないかと俺に話しかけてきたよな？」

「可愛い弟の気を引きたくて」

がたりと音を立ててセスが椅子から立ち上がると、ランフォスは身構えたが、無視して応接用にあるソファに移動する。

「あれ、怒らないの？　お兄ちゃんの相手してくれる気になった？」

「仕事をしながらお前の話なんか聞けるか。さっさとその腹に隠している書類を出せ」

「バレバレ？　驚かせようと思ったのに」

「シャツがスラックスからはみ出てるんだよ。まさかその格好で館内をうろついてないだろうな」

「あ、本当だ。大丈夫、隠したのは扉の前でだから」

何が大丈夫なのかとセスは思ったが、突っ込むのはやめた。十以上も年上のくせに、この男は昔からこうなのだ。雰囲気に巻かれてしまっては、話が進まない。

「そういえば、どうやって場を収めたの？　酔ってたなら、相当面倒臭かったんじゃないの？」

「テレティーシャが駆けつけてきて、部屋に連れ帰った」

「なるほど。モルスト様は今、彼女にめろめろだもんね。騒ぎも大きくならずに済んだことだし、彼女になにかご褒美あげないと」

「必要無い。弱いとわかっているのに酒を飲ませたのはテレティーシャだろう。だから、トラブルの際は絶対に娼婦は部屋から出てくるなという決まりを破って、廊下に出てきたんだ。差し引きはゼロだ」

「なるほど」

向かいのソファに腰掛けながら、ランフォスが神妙な顔つきをする。セスが手を差し出すと、書類をそこに載せた。

「君が僕に頼みごとをしてきたことにも驚いたけど、君の囲い姫が本物のお嬢様だったことにはもっと驚かされたよ。サフィン家といったら、鉱山開発が大成功して、親類縁者もろとも大金持ちになった大富豪じゃないか」

「読んだのか」

「依頼料を出したのは君だけど、ツテがあったのも、依頼したのも僕だし」

セスは顔を顰めたが、ランフォスは当然の権利として胸を張った。

「エリタちゃんの叔父さん、相当な食わせ物だったみたいだね。こんなに周到に動かれたら、僕でも騙されるよ。きっと、周囲の人間も、突如両親を失った憐れなお嬢様に手を差し伸べた親切な親戚だって信じきってたんだろうね」

調査報告を読みながら、セスはそれを握る手に力を込めた。

立場が違うと理解したとき、セスは自分が直接エリタを幸せにすることはできないと知った。切なくはあったが、不思議と悔しいとは思わなかった。ただひたすらに、エリタが幸せであればいいと願えるほど、セスにとってエリタは神聖な存在だったのだ。

セスはエリタのためだけに生きていたので、エリタのことを想いながらセスが生きていることを、エリタが知っていてくれるだけでよかった。

だから、ときおりエリタが幸せであることを確かめながら、日々を過ごしていた。両親を不慮の事故で亡くしたときは、駆けつけて抱き締めてやりたいとさすがに思ったが、それが出来る立場ではなかったので諦めた。

後見人に父方の叔父が現れたとき、エリタを慰め支えてくれる大人が現れたことに安堵してしまった自分が、今は憎くて仕方が無い。

書類に記されているように、この男が狡猾で周到な男だと最初から見抜けていたら、エリタは遺産を奪われることも、屋敷を追い出されることもなかったのだ。

町中をさまよっていたエリタと、セスが再会することもなかった。

(再会しなければ、残酷な現実を知ることもなかった――)

信じ、支えにしていたものがまやかしだったという真実など、誰が知りたいと思うだろうか。

「俺が甘かった。評判が良かろうが悪かろうが、エリタに関わる人間は、すべて調べておくべきだった。……そうすれば、何も知らずに彼女の幸せを願い続けられた」

セスが口惜しげに呻くと、その手から書類が奪われる。うつむけていた顔を上げると、ランフォスがテーブルに敷いて書類の皺をとっていた。

「しわくちゃにしないでよ。助けるつもりならこれだって貴重な証拠品だよ？　彼女は君の女神なんだろ？」

「……なんだ、女神って」

店の者達が、エリタのことをセスの囲い女《め》だと冗談めかして噂していることは知っていたが、似たようなものなのでセスは黙っていた。だが、まるで崇拝の対象のように表現されることはどうにも引っかかって、ランフォスを睨む。

エリタと再会するまで抱いていた心など、もう捨てたのだ。

「僕はね、セス。君の瞳が再び輝きだした日を、昨日のことのように覚えているよ。今までの人生の中で、この世の絶望を総て閉じ込めたような目の君を見守ることしかできなかった日々ほど、僕の中で辛かったことはないからね。本当に嬉しかった」

「なんだ急に。昔の話はよせ」

今、その話はしたくない。そう思ってセスは止めさせようとしたが、ランフォスは口を閉じなかった。

「誤魔化すなって。幼かった君に再び希望の光を与えてくれたのが、彼女なんだろ？　ようやく納得がいったよ。母親の残した借金返済への責任感で縛らなければ今にも死んでしまいそうだった君が、急に生き生きと働き出したのも、より給料のいい仕事を店で任せてもらうために、父さんに学校に行かせてくれって言い出したのも、彼女のためだ。違うか？」

「――違う。俺が稼いで、エリタになにがあるっていうんだ」

「そこだよ。そこがずっと疑問だったんだ。セスはずっと、誰かのために働いてた。男が必死になる理由と言えば、八割は女だからね。なのに、セスは店の女の子なんて眼中になかったから、外に好きな子がいるんだと思ってた。その子をお嫁さんにするために、頑張ってるんだろうなって。だけど母親の借金を完済し終わっても、誰かと付き合っている様子がないし、女の子と遊んでいる気配もない。これはどうしたことだろう、とお兄ちゃんはずっと心配してたんだ。でも、こうして蓋を開けてみれば、わかりやすい答えだったね」

　ひらと書類を揺らされて、セスは唇を噛んだ。馬鹿っぽいし調子ばかりがいい男だが、高級娼館を仕切っているだけあって、人を見る目と勘だけは異様に鋭い。

「こんな富豪のお嬢さんじゃ、そりゃ見守るしかないよねぇ。僕の可愛い弟が、今までの人生をどれほど健気に過ごしていたのかと思うと、お兄ちゃん震えるよ。生真面目で、義理堅い君が僕に迷惑をかけると承知で頼みごとしちゃうくらい、愛してるんだろ？　ねえ、彼女には言ったの？」

「……お前には関係ない」

「言ってないの？　でも彼女、君に抱かれてるよね？」

確信に満ちた声に、セスは内心で舌打ちした。目敏《めざと》さで右に出る者はいない男だ。先ほど会ったときに、エリタの首すじにある痕でもみつけたのだろう。

「遊び感覚でそんなことをするような子には見えなかったけど……気持ちが通じ合ってないのに、どうして抱き合ってるんだい？　まさか、無理矢理抱いたの？」

女性の扱いに関して、ランフォスは厳しい。低い声音は兄弟のように育ってきたセスを萎縮させたが、今更だという気持ちのほうが僅かに勝った。

「関係ないと言っている。用はもう済んだだろ、仕事に戻れ」

セスがソファから立ち上がると、ランフォスも続く。物言いたげな瞳を向けてはきたが、動いたのは唇ではなく手だった。

皺が伸ばされた書類が、差し出される。

「必要無い。好きに処分してくれ」

「処分って……なに言ってるんだよ。大事な証拠だって言っただろ？　大丈夫だよ、後ろ暗い手段は使ってないから、僕に迷惑がかかることはない」

「そういう遠慮じゃない。……俺は、エリタに屋敷を取り戻してやる気はない」

「えっ？」

「彼女はもう、俺のものなんだ。——彼女がいるべき場所は、俺の腕の中だけだ」

セスの仄暗い告白に、善人の塊のような瞳が真円に開かれる。榛色の中心で瞳孔がこれでもかと広がったのを見ながら、セスは自嘲した。

「セス、それは彼女の同意を得ているんだよね？」

急いたように上擦った言葉にセスが薄い微笑を返すと、ランフォスの表情が歪む。

「……考え直すべきだ。それじゃあ君も彼女も幸せにはなれないよ」

「誰にも迷惑はかけてない。俺たちのことは放っておいてくれ」

「だけど」

「ランフォス、仕事の邪魔だ。俺が一度決めたことは覆さない性格だと、お前が一番わかってるだろ」

「……セス、」

なおも何か言いつのろうとした唇を、視線で黙らせる。ランフォスは困惑を露わにしていたが、セスが事務机に視線を落としてしまうと、口惜しげに事務室を出て行った。

静寂の訪れた部屋で、書類整理を再開する。だが書面の文字がちっとも頭に入らず、セスは苛立ちから拳で天板を殴った。

「……もう遅い」

心の欠片すら与えられていないと知ったとき、激情に駆られて無理矢理抱いてしまったのだ。もう、心は本当に手に入らない。

「なら、その体だけでもと思って……何が悪い」

# 7

エリタが野菜スープのことを思い出したのは、日が沈んでからだった。

戻ればまた怒られるだろうかとも思ったが、助けてもらったお礼もきちんとさせてもらっていない。スープを美味しく煮込み直すことができたら食べてはもらえないかと考えてしまったら、行動せずにはいられなかった。

食堂を覗いてもメルヴィンの姿はなかったが、床は綺麗に磨かれていた。その仕事ぶりに感心しつつ、厨房へ入る。

夕食は本館の厨房からわけてもらうことにしたのだろう、野菜スープの鍋がコンロ台に置かれているだけで、昼間片付けたときと何も変わっていなかった。

「えっと、とりあえず煮込み直して……」

メルヴィンに教わった手順でガスコンロに火をつけ、スープを温める。調味料を足しては小皿に掬って味見を繰り返した結果、なんとか口に出来る代物には仕上がったが、お礼として人様に差し出せるような味ではなかった。

「これはダメね」

努力の成果としてメルヴィンには食べさせたいが、セスにはとてもではないが食べてくれとは言えない。フレソニアの体調が回復したら正しい作り方を教えてもらおうと決意して、エリタは鍋の蓋を閉めた。

「明日のお昼にでも、メルヴィンと一緒に食べよう」

仕事をすることは禁じられてしまったが、話はしていいと言っていた。そのついでに食事をすることくらい、許されるだろう。

一人で食べることほど味気ないものはない。

そんなことを思ってしまったから、不意に両親を失った直後のことを思い出してしまい、エリタは悲しくなった。

自分の涙で溺れ死んでしまいそうなほど泣き尽くした夜の記憶は混乱もしていたからか曖昧だったが、悲しみだけは胸にしっかりと刻まれている。

「セスも、こんな気持ちだったのかしら」

そう考えてから、違うかもしれないと思い直す。エリタは事故で奪われたが、セスは置いていかれたのだ。

あっさりと捨てられたのだと告げたセスの横顔は、苦い思いに満ちていた。

エリタがもし、同じように両親に捨てられる形で先立たれていたらと思うと、胸が張り裂けそうになる。想像だけで恐ろしさに息が浅くなり、握り重ねた指先が震えた。

愛され、必要とされていると信じていた者から切り離されることの、なんと恐ろしいことか。

（セスはいったい、どうやってその絶望から立ち直ったの？）

立派な青年に成長し、幼い子どもに希望すら与えられる存在になるには、誰かの支えがあったはずだ。人は決して、一人では生きられないのだから。

総てを失ったことで得た答えが、エリタに疑問をもたらす。

一瞬、脳裏をセスの想い人では——という考えが過ぎったが、エリタは無理矢理その思いつきから意識を逸らした。

「……やっぱりランフォスさんかしら。明るくて、素直そうな人だったわ」

エリタに向けられた言葉は真っ直ぐすぎて胸に刺さったが、裏表がなさそうな雰囲気は好感が持てた。それにセスがどれほどランフォスを信頼しているか、あの砕けた態度でわかる。

(突き放すような態度でも、私に向けるものとは全然ちがった)

その認識は、エリタにとても強い寂しさを感じさせた。出会ったばかりの時は、自分にも確かに向けられていた温かさだったからだ。

あのときよりも切実にその温かさを欲している切なさに、胸が苦しくなる。けれど間違いなく今のセスよりも心が見えていた気がして、エリタは眉尻を下げた。

「そうよ……そうよね。あれが、本来のセスなんだわ」

最初の夜、セスが態度を急変させたのは、エリタがセスのことを知らないと言ってからだ。

思い出せないエリタには何を推し量ることもできないが、あれほど態度を変えたのだから、セスにとっては重要な思い出だったのだろう。

深く傷ついたからこそ、その痛みをエリタにも味わわせるかのように怒りをぶつけてきたのだ。

(最初だけじゃない。セスは自分の快楽よりも私を追い詰めることを優先していた気がする)

セスはいつだって、エリタを責めている。それはもしかしたら、思い出して欲しいからではないだろうか——。

不意にその可能性に気がついて、エリタは愕然とした。

金銭の対価であることや想い人の身代わりであることよりも、その気持ちこそがセスの態度に強く滲んでいたのではないかと、今更のように振り返る。

セスがエリタに執着してくれているのではと思いたいだけなのかもしれないが、勘違いだと流すにはセスの態度は不自然だ。

セスが優しかったり冷たかったりするのは、セス自身がまだ、エリタに何かの可能性を感じて心を決めかねているからかもしれない。

「……思い出さなくちゃ」

今までどうして強くそう思わなかったのか。じわじわと焦燥に駆られて、エリタは拳を握りしめた。

間違いなく、総てはそこから始まっていたのに。

「セス……まだ間に合う？　私はあなたに優しくしてもらえる？」

優しくされたいと切実に思った途端、じわりと心が熱くなるのを感じて、エリタは胸を押さえた。高まり始めた鼓動に、体温が上昇していく。

エリタは自分の中にあるセスへの恋心を、意識せずにはいられなかった。

もう無視はできないのだと、体がエリタの心に訴えてくる。

（……好き。私はセスが、好き）

この想いが結果としてエリタを苦しめることになったとしても、恋しい相手を苦しめるよりはマシだと思えた。

（思い出さなくちゃ。――これ以上、セスを傷つけたくない）

モルストに絡まれたとき、セスは彼の気が済むまで、エリタを殴らせてもよかったはずなのだ。なのにセスはそうせず、身を挺《てい》してエリタを庇ってくれた。

「本気で憎まれているわけじゃないと、思っていい……？　ちゃんと思い出せたら、私にもまた、ランフォスさんにするみたいに微笑んでくれる？」

「ランフォスがなんだって？」

　ぶつけられた低い声音に驚いてエリタが振り向くと、セスが戸口に立っていた。

　独り言を聞かれた恥ずかしさに赤面するエリタを冷えた眼差しが睨み、部屋に踏み入ってくる。夕食を載せたトレイをテーブルに置くと、セスは乱暴にエリタの顎を摑んだ。

「痛いわ、セス。なにをするの」

「恋する女のような顔をして、よくもまぁ、俺以外の男の名を呟けるものだな。男の味を覚えて、俺一人じゃ満足できなくなったか。それとも、他の男を知りたくなった？」

「ちが、違うわ！　私、そんなこと言ってない」

「言ってただろうが。あの優男に微笑んで欲しいんだろう？」

　とんでもない聞き間違いに瞠目したが、セスの怒気に気圧されて声が言葉にならなかった。「あ」とか「う」などと唇から零している間に、腕を引かれてバスルームに放り込まれる。何事かと思う間もなく、エリタの華奢な体はセスの手によって壁に突き飛ばされていた。

「あうっ」

　壁に縋るようにしてエリタが痛みに呻くと、バンッと顔の脇にセスが手をつく。そのまま壁に押しつけるように背後から密着され、エリタは恐怖に身を竦めた。

「いやっ、セス――なにをするの!?」

「なにって、仕置きに決まってるだろ。お前は俺のものだと、何度言えばわかる。他の男に勝手に体を触らせるわ欲情するわじゃ、ただの雌犬だ」

　嘲るような物言いに衝撃を受けて、エリタは顔を青ざめさせた。ようやく受け入れたばかりの恋心が踏みにじられて、心が悲鳴を上げる。

「――っ、酷いわ、そんな言いかた」

「ああそれとも、今までの抱き方じゃ物足りなかったか？」

　エリタが涙声になっていることなどおかまいなしに、熱い手のひらが喉元を這う。

「そんなに酷くされたいなら、俺も努力しようじゃないか。君の望み通り、痛みと苦痛で泣き叫ばせてやる」

　脅すように耳元で囁かれ、セスの右手が顎を撫でて首に絡む。反らされたエリタのうなじに、硬い尖りが複数喰い込んだ。

「ひっ、ぃ、あっ——ッ」

　噛みつかれた痛みにエリタが怯んだ隙に、強引な腕がスカートをまくり上げる。剝き出しにされた臀部から下着が引きずり下ろされ、そこにすでにいきり立っているものを押しつけられた。

　まさかと思う間もなく、押し込まれる。

「あ！　ぁ、っ……ぃ、うぅっ」

　引き攣れるような痛みに、エリタの脚ががくがくと震えた。

　逃れようにも壁に押しつけられた状態ではどうにもならず、上下に揺さぶられるようにして総て呑み込まされる。

　耳元を掠めるセスの荒い息が、ただひたすらに恐ろしかった。

「はひっ、ひっ——いた、痛い……セス、ぬい、抜いてぇ」

ぼろぼろと涙をこぼし、懇願する。恋しい相手に強いられるには、あまりに残酷な行為だ。

ままならない呼吸に喘ぎながら、必死に痛みに耐える。それでも受け入れるには辛すぎてエリタは背後に手を伸ばしたが、無情にもその手は強く払われ、セスは律動を始めた。

「ひっ、いっ——う、うぅっ」

充分に濡れていないそこは動きを拒み、ただエリタに痛みだけを与える。セスも動きにくいらしく、舌打ちしてドレスの胸元を引き下ろした。

びくりと震えたエリタの胸を掴み、揉みしだく。それはやはり痛みをエリタに与えたが、中心を埋め込むように爪を立てられると、甘い痺れがそこに奔った。

「や、いやっ——ぁ、あんっ」

セスによって開発された乳首は指先で数度つつかれただけで硬く膨らみ、痛みを性感に変えていく。両方の先端をぐりぐりと擦られる痛みは電流のように下肢に響き、じわりとエリタの肉壁を潤ませた。

こんなにも心は傷ついているのに、与えられる刺激を快感として拾う肉体に絶望する。

ぬめりを得たセスの性器がぐっと奥へ押し込まれ、かき混ぜるように腰を回されると、尾てい骨が痺れた。

快感だけを追うのは嫌で、壁に強く爪を立てる。それでも揺さぶられると思考が緩み、エリタの口から甘い声が押し出された。

「んっ、あっ——いや、ぃや……ッ」

「濡れてきた。お前は無理矢理に犯されても感じるらしいな」

「ちが……や、いやっ……あ、あっ、こんな——ッ」

はっ、はっとセスの熱い呼気がうなじを撫でる度に、エリタの尻に腰が打ちつけられる。そこは次第にぐちぐちと卑猥な音をたてるようになり、エリタの心は悲嘆と官能の狭間で揺れた。

「うっ、うぁ、あ——ッ、やめ、やめて」

「素直に嬉しいと言ったらどうだ？　君のここはいやらしく俺に吸いついて、大喜びしてるぞ」

結合部を爪で掻かれ、エリタの腰が勝手に蠢く。自分でもそこがセスの熱杭を締め付けたのがわかり、エリタは混乱した。

悲しいし辛いのに、セスに穿たれると気持ちがいいのだ。迷わされた心の行き場がなくて、眦から涙ばかりが零れる。

好きだから酷くしないで。優しくしてと叫んでしまいたかったが、エリタはセスのことを思い出せない。

だからこそ結局は言葉を呑み込むしかなくて、エリタは必死に壁に縋った。

「はぁ、あっ、あっ」

「――俺以外の男のことを考えるなんて許さない。二度と、忘れることは許さないッ」

まるでエリタの心までをも追い詰めるように、苦い言葉がぶつけられた。

激しい執着を感じさせる恨みがましい声音に、どうしてか罪悪感と同じくらい愉悦が刺激される。

それは息苦しくも甘く、エリタを惑乱させた。怒りがエリタに向けられているということは、セスはいま、エリタのことしか考えていないということだ。けれど同時に、彼の怒りの根底にある記憶がないことが、エリタの罪悪感をこれでもかと煽る。

相反する感情に、エリタの心がもみくちゃにされていた。

「はっ、あぁっ――セス、せ……ごめ、なさ――」

「――っ。どうした、急に締め付けて。そんなにこれが美味いか？　好きなだけくれてやるから、しっかり形を覚えろ」

「あう、ッ――」

腰を容赦なく押し込まれて喘いだエリタのうなじに、セスの歯が先ほどとは比べものにならない強さで喰い込む。

　エリタの目の裏に赤い火花が散り、背が大きく仰け反った。

「あ、あっ、あっ！」

　上体が反ったまま壁に更に押しつけられたため、揺さぶられると壁に乳首が擦られる。乾いたガラスタイルに抓るように乳首を刺激され、その痛痒い快感からエリタが逃れようと身を捩ると、わざと密着されて激しく揺さぶられた。

「やっ、ん、ん、んあっ、アッ」

　セスの指先が臍をくじって下生えを擽り、すっかり愛液にまみれた肉芽を剥き上げる。奥を犯す動きに合わせて強く擦られ、エリタは頭を打ち振るって身悶えた。

「あ、あ、だめっ、やっ、やぁ、あっ！　――ア、ぃッ、ぁああっ！」

　強すぎる快感に堪えきれず踊る腰が、更にエリタの精神を追い詰める。

　絶頂に押し上げられてもセスの律動は止まらず、痙攣する股の間からぼたたっと大量に愛液が零れた。

「ひ、っ、ッんっ、あ、……やぁっ、やめっ、も、動かないでぇ」

　敏感になった肉壺が、大きな動きで犯される。

　抜けそうなほど腰を引かれては奥までゆっくりと押し込まれ、エリタは喰い締めるままに呑み込まされているものの形を味わわされた。

びくん、びくんと、全身が大きく痙攣する。

先ほどつけられたうなじの嚙み痕に、セスの熱い舌がざらりと這った。エリタがぞくりと震えると、セスの吐息が嗤う。

「奥まで俺を呑み込んで——いやらしい穴だ。ここでランフォスも咥え込むつもりだったのか？」

快楽に翻弄されかけた思考に冷や水をかけられる。エリタは違うと必死に首を振ったが、否定を拒むように口内に指を突っ込まれ、動きを制限された。

「んふ、むぅッ」

指で舌を挟まれ、ぬるぬると擦られる。ままならない呼吸にエリタの口端から唾液が溢れ、セスの腕を伝った。

徐々に穿つ動きが速くなり、肉がぶつかる音が淫らにバスルームに響く。

「んっ、ん、ぃ、ふ！」

「もしかして、モルストも君が誘惑したんじゃないのか？　本当は用具室に連れ込んで、ヤツの上で腰でも振るつもりだったんだろう！」

激しく穿たれながら罵られ、エリタは瞠目した。根拠のない蔑みを否定しようとしたが、口内に押し込まれた指が発言を許さない。

　肉体だけではなく心まで追い詰めようとするセスの怒気に、エリタは翻弄されつつも抗おうとしたが、強い突き上げがそれを許してはくれなかった。

「うぅ、ふ、う、うー！」

「ッ、そんなに俺を締め付けて何が言いたい。もっと酷くして欲しいのか？」

　告げながら、セスの指先があらぬところに愛液のぬめりを塗り込む。エリタは腰を引いて逃れようとしたが、セスの指は容赦なくエリタの後孔に押し込まれた。

「ん、う、あぁッ」

　膣を犯されるのとは違う、凄まじい違和感に頭を打ち振るう。口に押し込まれていた指は外れたが、その手で頭を壁に押しつけられてしまった。

「なんだ、ここも感じるのか。喜ばせてばかりじゃ、仕置きにならないな」

　暗い劣情に、セスの声が上擦る。エリタがどれほど嫌がっても、突き上げられる度に泡立つ粘液が、そこを犯す指を助けた。

「やぁ、や——ッ、セス、せす、おねがっ、あぅ、うっ、」

「なんだ。おねだりか？」

　言葉と共に深く穿たれ、エリタの踵が浮く。衝撃に痙攣した肉壁を、灼熱の雄芯が容赦なく灼いた。

　違う。話を聞いて欲しいのだとどんなに願っても、声に出せなければ伝わらない。けれど激しい攻めはエリタの意識をことごとく削いでいき、ただひたすらエリタに嬌声をあげさせた。

「うっ、うぁ、あぁっ」

「獣のように喘いでばかりいないで、気持ちが良いなら気持ちが良いと言ってみろ。それとも君は本当に雌犬か？」

「――ッ、ぅっ」

　悲鳴は脈打つ凶器に押し潰され、心も体も蹂躙されていく。

　突き上げられるたびに後孔に押し込まれた指が膣を圧迫し、強く擦られる快感にエリタの思考が痺れた。

　なにかがぷつりとエリタの中で切れて、視界も意識も濁る。体も心もセスの声にだけ顕著に反応し、与えられる刺激に啼いた。

「ほら、言ってみろ」

「うあ、あっ、ぅ、き、もち……ぃい、で……すッ」

「はっ。これが気持ちいいのか。君はかなりの変態だな」

冷めたセスの声がエリタを貶め、後孔を犯す指が二本に増やされる。

引き攣れるような痛みと圧迫におののくエリタを気遣うことなく、セスは律動に合わせて指を抜き差しした。エリタの頭を押さえつけていた手も下肢に移動し、過敏になった肉芽を押し込むように擦る。

「ひぁ、ぁ！　ん、ンンッ。っぁ、だめ、だめ――ッ！　や、あ、ア、あ！」

過ぎた刺激にエリタはよがり狂ったが、セスは容赦なくその肉体を蹂躙し、己の欲望を何度も呑み込ませた。

「――ぁ、――ぅ、ッ」

痺れて感覚のない膣から異物が抜かれ、そこからこぷりと精液が溢れる。

それが内腿を伝う感触にエリタの膝が震えて崩れたが、支えた腕はそのままエリタを床へ放り出した。

「あっ」

「二度と俺以外の男に体を触らせるな。今度やったら、鎖に繋いで犬に犯させてやる」

床に座り込んで呆然とするエリタの顔を、暗い眼差しが射貫く。脅しにエリタの身は竦んだが、何か言わなくてはいけないと心が逸り、エリタは懸命に喉を震わせた。

「セス、違うわ……誤解よ」

「誤解だと？　それがなんだと言うんだ。誤解される行動を取った時点で、君が悪い。それが嫌なら、二度と妙な言動をするな」

必死に告げた一言も、差し伸べた手も払われ、シャワーコックが捻られる。降り注いだ水にエリタの髪やドレスが瞬く間に濡れた。

それに驚くことも出来ず、バスルームを出て行こうとするセスにエリタは再び手を伸ばす。

「……セス、置いていかないで」

涙声にセスの動きが一瞬止まったが、与えられたのはささやかな一瞥だけだった。

「よく体を洗ってから出てこい。他の男に触られたその服は捨てろ。君が戻ったら食事にする」

容赦のない仕打ちに心も体もぼろぼろだったが、複雑に翳る深緑の瞳に後悔の片鱗を見た気がして、エリタはただ素直に頷いた。

瞬間、セスの眉間に皺が寄り、冷酷だった表情が歪む。

気がつけば、エリタはセスに抱きすくめられていた。覆い被さるように頭を抱え込まれ、シャワーの水音が少し遠くなる。

「どうして君は、そうやって俺を許すんだ」

「……セス？」

「君の優しさや健気さは罪だ。俺はどこまで堕ちればいい……？　それとも、これが君を奪った罰なのか？　俺は大切なはずの君を、こうやって愚かな嫉妬をしては傷つけ続けなければいけないのか？」

「セス……ごめんなさい、聞こえないわ」

セスの声に苦い思いが満ちていることはわかったが、シャワーの水音と彼の腕に耳を塞がれているせいで言葉が上手く聞き取れない。

「もう一度言って、セス」

とても大切なことを言われた気がしたのに、セスは言い直してはくれなかった。

だが、エリタを傷つけたことで、セスが傷ついていることはわかる。それが伝わる温もりだけで、エリタの心と体は十分に救われた気がした。

広い背中にそっとエリタが腕を回すと、セスの体がぴくりと震える。

それがとても愛しくて、エリタは静かに目を閉じた。

視界が塞がれると、セスの鼓動を強く感じる。同時に体の痛みを意識させられたが、恨めしい気持ちにはならなかった。

（あちこち痛い。苦しい。…………だけど、私からはあなたを憎めない）

このままエリタを捨て置いて部屋を出て行ってしまいそうな剣幕だったのに、こうして自らの非道を悔いるように抱き締めてくれたり、共に食事をすると告げてくれたセスの気持ちが、エリタにはわからなかった。

わからないからこそ、恋する気持ちがセスの優しさを求めてしまう。

激情と共にぶつけられた感情が憎しみだけではないというのなら、他には何があるというのか――。

（それがわかれば、私はあなたの心を理解することが出来るの？）

どう足掻いても、今エリタの心を支配しているのはセスだった。

何をされてもセスのことしか考えられないのだと思い知らされて、胸が苦しくなる。

エリタは胸に湧く愛しさを持て余しながら、セスの鼓動を聞いていた。

## 8

バスルームの換気をしようと開けた扉が何かを弾いたのがわかり、エリタは驚いた。瞬間的に捉えた影を追って、サイドボードの下を覗き込む。うっすらと差し込む陽光を微かに弾いている物体が奥にあることがわかり、エリタは膝をついて手を伸ばした。

指先で懸命に引き寄せて摑み出すと、それはセスの懐中時計だった。

「……あら」

昨夜、先にバスルームから出たセスが濡れた服を洗濯室に持っていってくれたことを思い出す。ドレスもシャツも、ベストですら纏めて無造作に持っていたので、ポケットから滑り落ちてしまったのだろう。

とりあえず壊れていないことを確認し、エリタは安堵した。

「……古そうなのに綺麗な時計だわ。本当に大事にしているのね」

昨夜のことを思い出すとまだ複雑な気持ちになるが、セスは自らの衝動を心から悔いていたようで、夜は何もせずにエリタを抱き締めて眠ってくれた。

言葉は少なかったが、戸惑い気味の瞳が何度もエリタの表情を窺っていたし、さりげなく体に這わされた手のひらは体に異常がないか確かめるようでもあった。

初めての夜とは違い、そこにはエリタの心を顧みる感情が確かに見え隠れしていた。だからこそ、昨夜植え付けられた恐怖はもう、エリタの中には残っていない。

むしろ、ランフォスへの想いを誤解されたことから派生した憤怒が、セスのどこから湧いた感情なのかが気になる。

それは少なからず嫉妬と言えるのではないかと、エリタの心を擽《くすぐ》っていた。

怯みもすれば怖れもする。けれど薄れぬセスへの恋慕を持て余すように、エリタは懐中時計も手のひらで持て余した。

「どうしよう。届けるべきかしら」

昨日騒ぎを起こしたばかりなのに本館へ行くことを、エリタはためらわずにはいられなかった。だがすぐに、セスが大事にしているものだと思い直す。

「きっと、無くしたことにはもう気がついているわよね」

仕事をする上で、時間を確認しないなんてことはないはずだ。エリタの部屋にあるかもしれないという予想くらいはしているだろうが、確かめるまでは不安だろう。

「届けるだけなら……」

エリタは懐中時計をそっとハンカチに包むと、しっかりとポケットに押し込んで部屋を出た。

事務室が地下にあるとセスが言っていたのを思い出したこともあり、それなら客に会うこともないだろうと思ったのだが、肝心の地下に降りる階段が見つからない。

仕方なくエントランスホールに出て、エリタは目についた男性従業員に事務室への行き方を聞いた。

存在を訝しまれるかと思ったのだが、セスに忘れ物を届けに来たのだとエリタが言うと、男は快く地下へ続く階段の場所を教えてくれ、そこへ行くために必要な鍵を貸してくれた。

不用心すぎやしないかとエリタは思ったが、見送ってくれる視線に好奇が混ざっていたこともあり、すぐにメルヴィンから聞いた噂を思い出す。

（もしかして、まだ攫われてきた囲い女だと思われているのかしら）

恥ずかしさに、足が速まった。

男に教えられた場所にあった扉を解錠して開け、現れた階段を降りる。地下だからか空気がひやりと澄んでおり、微かに湿った臭いがした。

「えっと、事務室は階段を降りて左、突き当たりにある白塗りの扉――」

口に出しながら左に曲がり、視線の先にそれを認める。ほっとして体から力を抜いたところで、誰かがエリタの肩を叩いた。

驚きながら振り返り、そこにいた男にまた驚く。エリタが一歩後ずさると、モルストは少し決まりが悪そうに苦笑した。

「やあ、昨日は済まなかったね」

「……あ、いえ」

思いがけないほど柔和な謝罪の声に警戒を挫かれて、声がぶれる。

「酔うとどうにも短気になってしまって……怖がらせて悪かった。さっきエントランスで君を見かけて、つい追いかけてしまったよ」

どう返事をしていいかわからなくてエリタが沈黙すると、モルストが自分のうなじを撫でた。

「こんなところではなんだし、上にいかないか？　怖がらせてしまったお詫びもかねて、優しくするから」

言うなり自然に肩を抱かれてしまい、エリタは驚いた。来た道を戻らされそうになり、動きに逆らう。

「あの、誤解です。私は用事があって」

「そんなの後でいいだろう？　客の相手が君たちにとっては最優先の仕事なんだから、誰も咎めはしないさ」

「違います、そうじゃなくて――」

「フロントを通していないことを気にしてるなら、それも問題ないよ。私はここの常連だから――ああ、でもさすがに上の部屋を勝手に使うことは出来ないか」

言うなり視線を巡らせると、モルストは間近にあった扉を開いた。強引な腕が、困惑するエリタを中に連れ込む。そこは簡素なベッドとテーブル、椅子が一脚あるだけの手狭な部屋で、使われていない使用人部屋のようだった。

バタリと扉が閉められたことで、ようやく危機感が困惑を上回る。エリタは身を振るってモルストの腕から逃れた。

「やめてください、私の話を――ッきゃあ！」

距離をとって対面しようとしたエリタの体が、迫ってきたモルストによってベッドに押し倒される。

「いやっ、退いてッ」

「可愛いなあ。初心な子の相手は久しぶりだ。大丈夫、私は優しいから、安心して身を任せなさい」

　自信たっぷりな台詞を吐きながら、モルストの手がエリタの太腿を這う。セスとは違う手のひらにねっとりと撫で回されて、エリタは嫌悪からモルストを思い切り突き飛ばしていた。

「――ッ」

　胸を押さえたモルストの下から必死に這い出し、捲られたスカートを元に戻す。

「君、怖いのはわかるが、よほど妙なことでは無い限り、客に逆らうのはやめなさい」

　あくまで静かに諭しながら再び手を伸ばしてきたモルストが恐ろしくて、エリタは悲鳴じみた声で「やめて！　私に触らないでッ」と叫んだ。

　途端に、モルストの眦が吊り上がる。

「この店に来た以上、遅かれ早かれ不特定多数の男に体を好き勝手されるんだ。慣れるまで私に好かれておいて損はないんだから、大人しくしなさい」

　言うなり再び飛び掛かり、エリタの抵抗をモルストは力尽くでねじ伏せた。組み伏せたエリタのドレスを乱暴な手つきで肩からずり下ろし、ブラジャーをあらわにさせる。谷間近くの丸みにむしゃぶりつかれて、エリタの背すじに悪寒が奔った。

「いやっ！　やめてッ」

「黙りなさい。新人といえど、客を強姦魔のように扱って許されるとは思わないことだ。店の評判に傷をつける気かい？」

怒鳴りこそしないが苛立ちの滲む声で脅され、エリタは体を硬直させた。モルストが常連客であるならば、機嫌を損ねるわけにはいかない。

セスが働く場所を穢したくはなくて、エリタはモルストの手が再びスカートの中に入れられても、抵抗できなかった。

こみ上げる嫌悪に喉が渇き、心臓が引き絞られるように痛む。腿を散々撫で回した手が下着の端にかかったとき、ようやく混乱した頭でもこの状況がおかしいことに気がついて、エリタは再び身を捩った。

エリタはまだこの店の娼婦ではないのだから、モルストに従う必要はないのだ。

「まって、止めて、モルストさん。ちが、違うの——私は、ちが——ッ」

「この後に及んで、往生際の悪い子だ」

「やめて！」

逃げようとしたエリタの足首が摑まれ、体をうつぶせにひっくり返される。そのまま背にのし掛かるようにして体を押さえつけられ、背後から回された両手が柔らかなエリタの胸を直接鷲掴んだ。同時に硬くなった股間を尻に押しつけられて、エリタの全身からザッと血の気が引く。

「いやぁ！　いやっ、やめて！　セス！　助けてッ」

火がついたように暴れ出したエリタにモルストは一瞬怯んだようだったが、すぐに後頭部を押さえ込んできた。顔面をシーツに押しつけられ、エリタが呻く。

「ふぐっ、うっ、ううーッ！」

「なんなんだ君は！　私を強姦魔だとでも言いたいのか！」

エリタの抵抗ぶりに違和感を感じだしたのかモルストの声は上擦っていたが、今更後には引けないらしく、エリタの下着が腿までずりおろされた。

「ッ――ッ！　ふぅ、う！」

下腹を這った指先がその奥へねじ込まれようとした瞬間、エリタにのし掛かっていた重みが消える。同時に後頭部が強く引っ張られ、頭皮に鋭い痛みが奔った。

「ゃあっ」

無理矢理引き起こされたのだと思いエリタは身を捻ったが、視界に入ったのはモルストではなくセスだった。

「手を離せ！」

言葉と同時に振り下ろされた拳の先で、モルストの顔が歪む。それは一瞬でベッドの奥へ消え、エリタの髪を数本引きちぎったモルストの手も遅れて続いた。

「やめっ、やめろっ、ひっ」

ベッドに倒れ込んでいるエリタからは、モルストに馬乗りになっているらしいセスの上半身しか見えない。

その尋常ではない怒りに満ちた横顔に圧倒されてエリタは暫く動けなかったが、振り上げられたセスの拳が赤く染まっていることに気がついて跳ね起きた。

「セス、セス！　もうやめて！」

ベッドから乗り出すようにしてセスに飛びつき、振り下ろそうとした腕を阻む。

エリタの行動にセスは面食らったようだったが、瞳に幾ばくか冷静な光が戻り、エリタの体を支えてくれた。

モルストを見ようとしたエリタの視界を遮るように、乗り出していた半身をベッドに戻される。セスの手は激しい興奮状態だったせいか酷く強張って震えていたが、丁寧にエリタの乱れた衣服を直してくれた。

「セス、手が――」

セスの手の甲が血だけではない赤味を纏っていることに気がついてエリタは手を伸ばし

たが、避けられてしまう。その腕はそのままエリタの腰を抱き、ベッドから降りるようにうながしてきた。

「部屋へ戻るぞ」

「――待って、待ってセス」

力強い誘導に従いたかったが、体が思うように動かない。

エリタはそれをうまく説明出来なくて、ほとんどセスの力で立ち上がらせられた。

だが、すぐにがくりと膝が崩れる。

とっさにセスが支えてくれたので転ぶことはなかったが、彼に縋ろうとした腕にすらろくに力が入らなかった。

「――エリタ？」

「ごめ、ごめんなさい、体に力が入らないの」

エリタ自身は必死に立とうとしているのだが、体は軟体動物になったかのように、いまにもセスの腕からすり抜けてしまいそうだった。

「腰が抜けてるのか」

耳元でセスが独り言のように呟き、エリタを一度ベッドの端に座らせる。エリタが何事かと思う間もなくセスの両腕が肩と膝にまわり、抱き上げられた。

「きゃっ」

急な体の上昇に悲鳴をあげ、力が入らないなりにセスの首に両腕で縋り付く。そうしてセスの体温と匂いを感じた瞬間、エリタの両目から勢いよく涙が溢れ出した。力が入らなかったはずの四肢が強張り、ガタガタと震え出す。心臓が、動くことを思い出したかのように激しく拍動していた。

「ごめ、ごめんなさい……こわ、こ、こわかったの」

引き攣った声で訴えると、エリタを抱くセスの腕が強まった。そのことに大きな安堵を感じて、きゅうとエリタの胸が苦しくなる。

恐怖からではない震えに呼吸が妨げられて、エリタは何度も浅い息を繰り返した。

いつのまにか、眦から溢れる涙の意味が、セスへの愛しさに変わってしまう。

そうとは気づかれないことをいいことに、エリタは胸中でなんどもセスに好きだと訴えて、啜り泣いた。

(セス以外は嫌……誰にも触られたくない)

口には出来ぬ想いに胸を締め付けられながら何度もそう思ったが、いつまでも縋っているわけにはいかない。

エリタは意識して呼吸を深くし、昂ぶりすぎた心身を宥めることに努めた。

「――大丈夫か？」

「ええ」

エリタが落ち着いたのを確かめてから、セスが移動を始める。

羞恥も申し訳なさもあったが、抱きかかえてもらっている心地よさには敵わない。エリタは首にしがみつくふりをして、セスの首すじに甘えるままに鼻を押しつけた。

セスの匂いが体に満ち、それだけで切ない幸せを感じる。

助けられたのだとようやく心の底から思えたところで、部屋の奥からガタリと音がした。

はっとエリタが振り返ると、モルストが椅子を支えに起き上がっていた。

目元や頬が腫れ上がり、鼻下や口端を血で汚した姿にエリタは息を詰めたが、セスは冷ややかな視線を注ぐ。その視線を受けて、モルストも目を眇《すが》めた。

「……貴様、店の従業員が客に暴行して……ただで済むと思うなよ」

「犯罪者が何を言っている。彼女を送り届けたら役所に突き出してやるから、大人しく待っていろ」

「なんだと!?」

よろけながらもモルストが近づこうとしたところで、セスを押し退けるようにランフォスが現れる。

モルストの顔を見て一瞬言葉を失ったようだったが、すぐに笑顔を取り繕った。三人の顔を順に見渡し、僅かばかり眉尻を下げる。

「モルスト様、ここはお客様に提供している場所ではありません。いくらお得意様でも、勝手は困ります」

「ッ、貴様！　店主のくせに、ヤツより先に私を説教するのか！」

モルストは突進する勢いでランフォスの胸ぐらを掴み上げたが、ランフォスの体は微塵も揺らがなかった。その笑顔すら崩さず、モルストの手に己の手を添える。

「この状況でも客人扱いさせて頂いているのは、私にとっては最大級の譲歩です。その顔といい、同情の余地はありますからね。ですが、店の子でもなければ娼婦でもないご婦人を襲ったのだということだけは、ご理解いただきますよう」

ランフォスの発言に、モルストの顔が驚愕に歪む。見る間に青ざめた顔がエリタに向いたのがわかり、エリタはとっさに視線を逸らした。

代わりに視線が合ったのだろう、セスの唇が「強姦魔が」とモルストを蔑む。

その瞬間の空気を、エリタはどう表現したらいいのかわからなかった。

ただ、本当に一瞬だった。

放心していたはずのモルストが逆上し、テーブルに置かれていた花瓶を投げつけてきたのだ。ランフォスが止める間もなかった。

「セス！」

エリタを庇うことを優先したセスの側頭部に花瓶が当たり、鈍い音をたてる。それはエリタの悲鳴に重なるように、地面に落ちて砕けた。


手当をするために移動した事務室で、エリタはもう何度目かわからない「ごめんなさい」を言った。

震える手で懸命に頭部の血を拭い、セスに指示されるままに傷口にガーゼを当てる。

こめかみの怪我は痣《あざ》と言ったほうが正しかったが、頭部は僅かな傷でも血が大量に出るのだ。

エリタはセスのシャツに染みこんだ血を見てはしゃくりあげ、また謝った。

「ごめんなさ……、ごめんなさい」

「君のせいじゃない。いいから、包帯でガーゼを押さえてくれ」

「ッ、ええ」

「あまり大げさにするなよ」

そんなことを言われても、包帯を使うような手当などしたことはない。エリタは丁寧に包帯を扱ったが、何度か緩いとセスにやり直しをさせられた。

「こんなに締めて大丈夫？　痛くはない？」

「大丈夫だ」

頭部に触れて具合を確かめるセスを、じっと見つめる。痛々しい姿に、エリタの瞳からまた涙が溢れた。

「本当にごめんなさい」

「君のせいじゃないと言ったはずだ」

「だけど、私がちゃんと誤解を解けていれば……」

そもそもこの騒動は起こりようがなかったのだ。エリタも、あんなに恐ろしい目に遭わずに済んだ。

「君みたいにおっとりした子が、勝手に決めつけてぺらぺら喋る男をあしらえるものか。だいたい、なんであんなところにいた」

問われて、エリタはポケットの存在を思い出した。

「そうだったわ。私、これをあなたに届けにきたの」

慌てて取り出し、包んでいたハンカチを開く。現れた懐中時計を見て、セスは複雑な顔をした。

「……君のところにあったか」

「ええ、部屋に落ちていたの。迷ったのだけれど、とても大切なものだと思ったから、すぐに届けてあげたくて」

エリタが差し出すと、セスは僅かな間を置いてから受け取った。美しい細工が施された蓋を親指の腹で撫で、じっとそれを見つめる。

「――どうして君は、俺を気遣うんだ」

「え？」

「こうして時計を届けてくれたし、俺が怪我をしたことに心を痛めてくれている」

「だって大切な物でしょう？　無いと気づいて、あなたがどんな気持ちでいるかを考えたら、居ても立っても居られなかったわ。怪我だって、その痛みを想像するだけで悲しいわ。私を庇ってできた傷なら尚更」

口にしたらまた怖くなって、エリタはきゅっと唇を噛んだ。

ソファに座っていたセスの手がエリタの腕を摑み、優しく引く。促されるまま、エリタはセスの隣に腰掛けた。

「知っていたつもりだったが、君は優しすぎる。俺は君に酷いことばかりしてるのに、逆らいもしない」

手のひらが頬に触れ、濡れているエリタの目元を拭う。優しくも苦い気配が胸に痛くて、エリタはセスの罪悪感を拭いたい一心で口を開いた。

「いいのよ。あなたには、私を好きにしていい理由があるもの」

慰めのつもりで告げた言葉に、セスの表情が歪む。瞳は今にも泣きそうなのに唇が笑っていて、エリタは戸惑った。

「そうか……そうだったな。君は、俺に借金があるから逆らえないんだったな」

「……セス？」

「すっかり忘れてたよ、俺は馬鹿だ。君の優しさが義理や保身からのものだということに気づかず、絆されるところだった」

穏やかだった空気が一気に緊張し、深緑の瞳に暗い色が灯る。

エリタは自分が言葉を誤ったのだとわかったが、何かを言おうとする前に唇に噛みつかれていた。

痛みに仰け反った後頭部を押さえ込まれ、角度を変えて深くくちづけられる。無遠慮にねじ込まれた舌に、エリタのそれは簡単に搦め捕られた。

「――っ、むっ」

強く吸われ、逃れることもままならないまま、甘噛みとは言いがたい力で舌に噛みつかれる。ガリッという音がエリタの頭部に響き、くちづけが痛みにほどけた。

「――うっ」

舌に広がる血の味に、エリタの肩がわななく。怯えに潤んだ飴色の瞳を、セスの真っ直ぐな眼差しが射貫いた。

「そういえば、君が本当に謝るべきことでの謝罪を、まだうけてないな」

「……な、に？」

挑発的な指先がエリタの輪郭を撫で、耳を擽る。首を竦めると、セスの唇が酷薄に歪んだ。

「俺は、誰にも触らせるなと言ったはずだ。それなのに、君はモルストに何をさせた？」

「……させたなんて……私は」

指摘されたことで生々しい感触が甦り、エリタは悪寒に身震いした。ぎゅっと両腕で自分を抱き締め、奥歯を噛み締める。

「君の主観などどうでもいい。俺にとっては、同じだ。ほら、何をさせたのか俺に言ってみろ」

「やめて！　違うわッ！　私は抵抗したの!!　必死にしたのッ！」

思い出したくもないことを反芻させられて、エリタは金切り声をあげた。

セスが瞠目するのが見えたが、胸元に貪りつかれたことを思い出してしまい、それどころではない。

おぞましさに耐えきれず、エリタは露出していた胸の丸みに爪を立てた。鋭い痛みが奔ったが、構わず引き下ろす。穢された部分の皮を、剥いでしまいたかった。

「エリタ、やめろ！」

叱責と共に拘束するように抱き締められてしまったが、エリタは抗った。

「いやっ、私に触らないで!!　誰も触らないでッ！」

完全に混乱状態に陥ったエリタはセスの背中を容赦のない力で殴打したが、拘束は緩まなかった。

「エリタ、エリタ。落ち着くんだ」

「放してッ」

「放すよ。君が落ち着いたら、放すから」

耳元で、セスが根気よく囁く。エリタは聞く耳を持たずひたすら暴れたが体力が続かず、次第に動きは弱まった。

「放して。嫌……私は、抵抗したの——したの……ッ」

「知ってる。わかってるから。——俺が悪かった」

優しいセスの声に、昂ぶっていた感情が次第に落ち着いてくる。エリタは肩で息をしながら、セスの背を殴っていた腕を縋る形に変えた。

「セス、セス……嫌だったの。本当に怖かったの……あなた以外は嫌よ」

啜り泣きながら告げると、エリタを抱いていたセスの腕がひくりと動く。抱擁を解かれるのが嫌で、エリタは両腕に力を込めた。

胸元に顔を埋め、より強くセスに縋り付く。

「——お願い、まだ離さないで」

「エリタ……。そんなことを、簡単に男に言うもんじゃない。誤解されるぞ」

体は離されなかったが、セスの声音に狼狽が滲む。鼓動が少し速くなった気がして、エリタはそこに耳を押しつけた。

「誤解されるのはセスだわ。なんで今、優しいの？　いつもみたいに、私がやめてと懇願しても、仕置きと言って無理矢理組み敷けばいいじゃない」

「……今の君に、そんなことは出来ない。俺はそこまで鬼にはなれない」

言うなり腕に力を込められて、抱擁が強まる。息苦しいのに心地よくて、エリタは押しつけられる逞しい肉体に酔いそうになった。

あれほど優しくされたいと思っていたのに、いざ優しくされると胸がしくりと痛む。エリタは僅かに身を捩り、体を離そうとした。

「嫌よ、セス。優しくしないで。……腕を離して」

「なぜ。離すなと言ったのは君だ」

「私が間違ってたの。ごめんなさい。これ以上、優しくしないで。私……あなたの怒りが嫉妬ならいいのにとか、執着が好意ならいいのにとか……そういう誤解をしたくなってしまうの」

「なんだって？」

不意に上体を離されて、向かい合わされる。戸惑いに揺れる深緑の瞳を、エリタは切ない気持ちで見つめ返した。

ああもう無理だと、せり上がる愛しさのままに唇が勝手に動く。

「……ごめんなさい。私、あなたが好きなの」

「…………なぜ」

茫然とセスに問われて、苦笑する。

「私、あなたに助けられたとき、恋に落ちてしまったの。私にはあなたが、王子様に見えたのよ。それに……今も王子様に見えるわ」

「馬鹿な。俺が君に何をしたと思ってる。借金の代わりだなんて口実だ。俺は自分の感情にまかせて、君に酷いことをしたんだぞ!?」

「そうね。とても酷いことをされたわ。それも何度も。だけど……消えないの。あなたに恋してしまった気持ちが消えてくれないの。見失ったこともあるし、散々迷いもしたのよ。だけどあなたはたまに、私を見て泣きそうな顔をするから、嫌いになれなかった」

今みたいに。

囁くように告げると、セスが狼狽しながら自分の顔を擦る。

その仕草で今更のように手の甲が腫れていることに気がついて、エリタはテーブルに置かれていた水差しを取った。

「それに、あなたは私の窮地には必ず現れて、助けてくれる。その身を挺して、私を守ってくれる。――だからあなたは、私の王子様」

ハンカチを水で濡らしてから、セスの腕をとる。患部をそっと拭ってから、冷やすためにハンカチを押し当てて結んだ。

きゅっと結び目を締めたとき、エリタの脳裏を何かが掠めたが、セスが何か言おうと口を開いたので、意識がそちらに向かう。

「君は何を考えている……？　俺を、惑わせてどうするつもりだ？」

「なにも。ただ、期待させないで欲しいの。……私、こんな気持ちで娼婦になりたくはないわ」

エリタがそう答えた瞬間、見たこともないほどセスの目が丸くなった。その反応に驚いて、エリタも黙り込んでしまう。

「…………………………なんだって？　なんで君が娼婦になるんだ？」

茫然とした表情のまま問われて、エリタは二度瞬いた。

「なんでって――。セスが私を抱くのは、想い人の身代わりでもあるんでしょう？　だから抱くのに飽きたら、残りの借金は私を娼婦にして稼がせようと思っていたのではないの？」

「みが、身代わり？　娼婦？　なんだその話は。そんな馬鹿げたこと、俺は考えたこともないぞ！」

強い否定にエリタは仰け反ったが、すぐに両肩に腕がかかって引き戻された。

「なんで君がそう思ったのかは知らないが、誤解だ。君はいったい、どこからそんな話を仕入れてきたんだ？」

きっぱりと断言された上に否定され、エリタは戸惑った。

しかし改めて思い返してみれば、エリタを娼婦にすると、セスがはっきりと明言したことはないし、セスの想い人の話はメルヴィンから聞いた噂話だ。

どうやら思い詰めるあまり、エリタの中で虚偽の区別が曖昧になっていたらしい。

「……じゃあ、私の勘違い？」

「当たり前だ」

強く頷かれ、エリタは体中の力が抜けるような安堵を味わったが、すぐに眉間に力を入れた。

「でも、娼婦にするかしないかに関しては、あなたはそれらしいことを仄めかしていたし、私が問いかけたときも否定してはくれなかったわ。私がそれでどれほど悩んだと思っているの……？」

エリタが声を震わせると、セスの眉尻が下がる。肩を摑んでいた手のひらが腕を滑り降り、エリタの指先を握り込んだ。

「すまない。君を傷つけたい気持ちばかりが先走って、とんでもない誤解をさせた」

それはそれで切なかったが、セスが本当に申し訳なさそうな顔をしていたので、エリタは頷いた。誤解だったのなら、それでいいとも思えたのだ。

セス以外の男に抱かれなくて済むなら、もうそれでいい。

「私こそ、ごめんなさい。セスがとても傷ついているのはわかるのに、思い出せなくて」

事の発端はそれだ。エリタは申し訳なさに目を伏せたが、きゅっと指先を強く握り込まれたので再び顔を上げた。

ぶつかった視線の先で、美しい森色の瞳が滲んでいて驚く。

「俺はどうしたらいい？」

「セス……？」

「どうしたらいいかわからないんだ。忘れられていたからこそ憎んで、こんなにも君を傷つけたのに――。どうして、俺を好きだなんて言うんだ。傷つけてしまって、後には引けなくなって……君の心は二度と手に入らないと思ったから、俺は――」

絞り出すような声で告げるセスが本当に苦しそうで、エリタも苦しくなる。

こんなにもセスの感情を揺さぶる自分がセスの中にいることが、エリタは悔しくて堪らなかった。

思い出せない以上、それはエリタの中では他人だ。そしてきっと、その感覚はセスも同じなのではないだろうか。

「……セスは、昔の私を好いてくれていたのね」

エリタの言葉に、セスは瞠目した。その眦から涙が一筋零れて顎から滴り落ち、エリタの手の甲で弾ける。

「馬鹿なことを言わないでくれ。昔とか、好きとか、そんな言葉で片付けないでくれ。俺はずっと、ずっと君だけのために生きてきたんだ。君と出会ったあの日から、俺はずっと、心の底から君を愛している！」

思ってもいなかった言葉に、エリタの心臓が跳ねた。セスが触れている指先から全身に向かって痺れが奔り、見る間に体が熱くなる。

驚きと歓喜で、エリタの心は震えた。

「セスは、私なんかよりもずっと長い時間、私を想ってくれていたというの？」

エリタが問うと、セスはソファから立ち上がり、事務机に向かった。引き出しから何かを取り出すと、またエリタの隣に戻ってくる。

手渡されたのは、レースで縁取られた絹のハンカチだった。

丁寧に折りたたまれていたそれを、ゆっくりと広げる。

真っ先に目に入ったのは中央にある薄茶色の染みだったが、右端にあるぶかっこうな兎の刺繍に、エリタは我が目を疑った。

「私のハンカチだわ。十一歳の誕生日に、刺繍の練習用にってお父様がくれたの。これは私が初めて刺繍した兎だもの。間違いないわ」

「それ、兎だったのか。俺は蕪《かぶ》か何かかと……」

「う、兎よ。ハンカチに蕪なんか刺繍しないわ。それに糸がピンクでしょう？」

確かに言われて見れば蕪の形に見えなくはないが、これは兎だ。羞恥に目尻を赤く染めながら、エリタは懐かしさに目を細めた。

「懐かしいわ。覚えてる。プレゼントだったのに出先であげてしまって、お父様を悲しませたわ。けれど事情を説明したら、私を優しい子だと褒めてくださって、新しいハンカチをたくさんくれたの。嬉しかった」

触れているうちにどんどんと当時の記憶が甦り、エリタは一人の少年の面影を思い出した。華奢な子で、ズボンを穿いていなかったら女の子かと勘違いしてしまいそうなほど、綺麗な男の子だったのだ。

だからこそ、擦りむいてしまった膝が痛々しくて、可哀想だった。

「あの子は元気かしら。乱暴な馬車がいて、男の子が轢かれそうになったのよ。幸い、男の子は間一髪で避けられたのだけれど、転んで膝を擦りむいてしまったの。泥で汚れた傷口から真っ赤な血が出ていて、とても放っておける状況じゃなかったわ。大人の助けが欲しかったけれど、ちょうどひと気があまりない時間で――私はその子を助け起こして、近くの公園へ行ったの。そこの水道で傷口を洗って、」

「そのハンカチを巻いてくれた。高そうな真っ白いハンカチが俺の血で汚れていくのを見ながら、泣きそうになった。とてもじゃないが、俺に弁償できる代物じゃなかったから」

言葉尻を取られてエリタは驚いたが、すぐに己の間抜けさに気がついて赤面した。

ハンカチを持っていたのだから、その男の子がセスでなくて誰だというのだ。同時に、あのときの華奢な少年と今の逞しい姿はちっとも結びつかなくて、思い出せなかったことに妙な納得をする。

「セスったら人が悪いわ。間抜けな語りを、どうしてすぐ止めてくれなかったの」

「覚えていないいんじゃなく、気づいていなかっただけなんだとわかったら、嬉しくて」

切なさに安堵が滲むような微笑みに、エリタの胸がきゅうと締め付けられる。泣きそうになっていると、セスがエリタの頬を撫でてくれた。

「なぜそんな顔をする」

「だって、これ以上のことは思い出せないの。男の子の傷を手当てして、ハンカチをあげたことしか覚えてないの」

「だろうな。優しい君にとって誰かを助けることは、日常に過ぎないんだろう。今更そのことに気づいて、怒り狂った自分の愚かさを痛感してるよ」

「そんなふうに言わないで。十年もあなたを縛ったやりとりを当人が覚えていないなんて、許されることじゃないわ」

「君は俺を縛ったんじゃなくて、救ってくれたんだ」

「でも、……憎ませたわ」

「……エリタ」

「セスは私と再会したとき、親しげだった。互いの心が寄り添っていることを、疑っていないように見えたわ。だから、覚えがなかった私は恐ろしいと思ったの。けれど今は違うわ。私は、忘れてはいけない言葉を——約束かなにかを覚えていないのよ。そうでしょう？」

「出会いを思い出してくれただけで、俺は十分だよ」

セスは即答してくれたが、それこそがエリタの推測を肯定している。許されるままセスに愛されるわけにはいかないと、エリタはじっとセスの瞳を見つめた。

「お願い。私がどれほどあなたを傷つけたのか、教えて。ちゃんと知っておきたいの」

エリタが懇願すると、セスはゆるりと目を伏せて、エリタの肩口に額を押しつけてきた。悩むようでいて甘えているようにもとれる仕草に、ドキリとする。背に回された腕が、ほんの少しエリタを抱き寄せた。

「この話が君の望む答えになるかはわからない。それに、あまり楽しい話じゃない」

「構わないわ。話して」

エリタがそっと手のひらで後頭部を撫でると、セスは気持ちよさそうに吐息を吐き出した。僅かな間を得てから、静かに語り始める。

「母親の話は前にしたたな」

「ええ、ちゃんと覚えてるわ。お父様が亡くなられていたことを知って、後を追ってしまわれたのよね」

セスを捨てて、とはあえて言葉にしなかった。そんな些細な気遣いにすらセスは反応してくれて、抱く腕を強めてくれる。

「――母に捨てられてからの俺は、生きた屍みたいな子どもだった。死にたかったが、俺を捨てた母の後を追いかける勇気がなかった。エミリオさんは俺に同情して、追い出しはしなかったが、一日中ぼうっとして食事すらろくにとらない俺に、ランフォスがキレたんだ。ここに住むなら、母親が残した借金を返すために働けと俺を小突いた。仕方なく、店で雑用をやるようになった。体を動かすと腹が空いて、出される食事を食べるようになった」

微かにセスが笑ったのがわかり、ランフォスの厳しい言動が愛情からのものだとわかる。

エリタは以前、老人介護の施設を訪れたことを思い出した。

人間はなにもしないでいると心が死んでいき、心が死ぬと生きる気力が失われてしまう。それはやがて、肉体の死に繋がる。

エリタはそう、施設を訪れていた医師に教わった。

ランフォスはセスの心が死なないよう、体を動かすことを強要したのだ。

「この雑用ってのがなかなか大変なんだ。店で働く姉さんたちは、それなりにストレスを溜め込んでたりするから、些細な切っ掛けで癇癪を起こす。大抵は理不尽だ。俺に七時に起こせと頼んだくせに、起こしに行くと余計なことをと叩かれる。髪型が決まらないと引っ掻かれる。化粧ののりが悪いと足を踏まれる。気に入りの客に約束を反故にされたときなんか、散々足蹴にされた」

「ひどい。小さな子どもに手を上げるなんて」

エリタは憤ったが、セスはただ笑った。

「まあ、仕方が無いさ。他に当たれる相手がいないからな。それに、俺の心は殆ど死んでたから、痛みを辛いと感じてなかった。――エリタ、君に出会ったのは、そんな風に過ごして数年が経ったときだった。俺は十二だった」

「あら、セスって一つ上だったのね。私より、背が低かった覚えがあるのだけれど」

「あの年頃だと、女のほうが成長が早いんだろう。君は育ちがいいからか落ち着いていて大人びていたし、俺も年上だと思ってた」

「ふふ。お世辞でも嬉しいわ」

「本当だよ。娼館街を出入りしている俺に親切にしてくれる人は少ないから、すごく驚いたんだ。君のほうが痛そうな顔をしながら、俺の手当てをしてくれた。ためらいもなく綺麗なハンカチで傷口を保護されたときは驚いて、俺のほうが泣きそうになったけどね。俺が弁償できないと言うと、君は笑顔でくれると言った。綺麗だった。俺は母親がこの世で一番綺麗だと思っていたが、初めてそれを覆された瞬間だった」

うっとりと呟かれてエリタは赤面したが、顔を見られたわけではないので耐えた。

「けれど、すぐに君の笑顔は曇った。袖口から覗いていた痣とひっかき傷に気づいて、君は泣きそうな顔でどうしたのかと訊いてきた。馬鹿な俺は正直に折檻されたのだと答えて、君を泣かせた。俺は君に、また驚かされた。俺のために君が泣いていることが、衝撃だった。だから必死に、俺はなんの価値もない人間だから、傷つこうが死のうが悲しむことはないと説明したんだ。そうしたら、君は今の君みたいな顔をした」

見えないはずなのにと、エリタが驚いて顔を向けると、セスが横目でエリタを見上げていた。視線が絡むと、セスの唇が「うん、その顔だ」と呟いて笑う。

「セス！」

「怒らないでくれ。からかったわけじゃない。君は本当にかわらないんだなと思ったら、嬉しかったんだ。君は次の瞬間には泣きそうな眦を吊り上げて、そんな人間はいないと俺を叱った。その言葉は偽善にしか聞こえなくて、俺はひねた気持ちをそのまま君にぶつけてしまった。そんな人間はいないというなら、どうして俺は母親に捨てられたんだ、ってね。君はとても辛そうな顔をして、わんわん泣き出した。捨てられたのは俺なのに、君は自分の事のように悲しいと嘆き、辛いと嗚咽した。俺は俺で、そんな君の反応にびっくりしすぎて戸惑った。間違ったことを言ったつもりはなかったが、ものすごい罪悪感だった。傷つけてはいけない人を傷つけたんだと、子どもなりにわかっていたのかもしれない。だけど俺は子どもだから、どうしたらいいかわからなかった。そうしたら、唐突に君に抱き締められた。ぎゅうぎゅう俺の体を抱き締めながら、君は『私がいる』と言ったんだ」

不意にぎゅっと抱き締める力を強められて、エリタは身じろいだ。抵抗したわけではなかったが、逃さないというように、しっかりとセスの腕が腰と背に回る。

「目の醒めるような感覚ってのは、ああいうのを言うんだと思う。君という温もりが俺の胸に飛び込んできた瞬間、二度と他人に抱きはしないと切り捨てたはずの執着や、愛情に飢える気持ちが体中から湧き上がってきた。それは一度その気持ちを裏切られた俺にとって、とても恐ろしいことだった。だから、俺は君に確かめたんだ」

――きみは僕のものなの？

今のセスの声に重なるように、少年の高い声音が重なって聞こえて、エリタは驚いた。だがそれを切っ掛けに、記憶が鮮やかに甦ってくる。

夕焼けの公園。黄色に塗られたベンチ。像の噴水に、それを囲むチューリップの花壇。それから、吸い込まれそうなほどに美しい、森色の瞳。

セスが語った出来事が、当時の情景のままにエリタの胸中を埋め尽くす。

味わわされた衝撃や不安、怒りや悲しみ。それは今のエリタにとってもあまりに辛く、両目から溢れる涙を堪えることができなかった。

異変に気づいたセスが肩口から頭を上げ、エリタの顔を覗き込んでくる。飴色の瞳から溢れる涙を見て、セスは息を呑んだ。

「エリタ、どうした？」

「思い出したの。あなたは私に確かにそう言って、私は――私は、『それであなたが寂しくなくなるのなら』って答えた」

エリタの言葉に、セスが瞠目する。その瞳はすぐに喜びに満ちたが、エリタの胸は申し訳なさで張り裂けそうだった。

強い同情が、幼いエリタに言わせた言葉だった。

自分には価値が無い、誰にも必要とされていないと絶望する少年に、少しでも元気になって欲しかったのだ。

その一言が少年にとってどれほど重いかなど、知りもせずに——。

「セス、セス……私は——」

うまく言葉を紡げずに息を詰まらせたエリタの頬を、セスの指先が優しく拭う。エリタは堪らなくなって、セスの首に齧り付くようにして抱きついた。

「君のその一言で、俺の世界に色が戻った。君が、俺の絶望を壊してくれた」

「ああ、セス。あなたの気持ちも知らないで、私は最低な女だわ」

「それは誤解だよ、エリタ。幼い約束を、俺は君に執着するあまり美化しすぎていた。君はただ、優しかっただけなのに」

「無責任な優しさは残酷なだけだわ。傷つけてごめんなさい、セス……。私は確かに、あなたのものだった」

しゃくりあげるエリタの体を、セスの大きな手が優しく撫でてくれる。それが余計にエリタを泣かせて、セスのシャツが見る間に濡れていった。

「……許して」

「エリタ、もう泣くな。君を懺悔《ざんげ》させるために、話したわけじゃない。君が俺にとって、

どれほど大切な存在かを、知って欲しかっただけなんだ」

「セス、セス。……愛してるわ」

「俺もだよ、エリタ。俺がこの十年、こんなにも満ち足りた気持ちで生きてこられたのは、君だけは俺のものだと信じられたからだ。君がそう思わせてくれたから、俺は幸せだった。君のことを女神のように思っていたのに、俗な衝動で傷つけてすまなかった」

どちらも謝らなければならないことがあるというのはもどかしくて、エリタは眉尻を下げた。その気持ちはセスにも伝わったようで、こめかみにくちづけられる。

「こんな俺を愛してくれてありがとう、エリタ。もう二度と、君を傷つけたりはしないと誓おう」

「……セス、ありがとう」

微笑みあって、唇を重ねる。何度かそれを繰り返すうちに空気が熱を持ってきて、エリタの吐息が甘く掠れた。

「エリタ……抱きたい」

「えっ、こ、ここで？」

「酷いことをしたぶん、優しくしたいんだ」

エリタは戸惑ったがセスはもうその気のようで、熱い手のひらがエリタのスカートに潜り込む。

臀部をいやらしく撫で揉まれると、エリタは反射で腰を上げてしまった。

その隙を逃さず、セスの指先がエリタの下着を引き下ろす。

抵抗しようとしたが両足を掬い上げるように持ち上げられ、ソファの座面にひっくり返ったエリタは容易く下着を奪われてしまった。

「やっ——セス！　返して」

背もたれを掴んで起き上がり、エリタはまくれ上がったスカートを直しながら訴えたが、微笑一つで却下される。

ぽいと向かいのソファに投げ捨てられた下着にエリタが気を取られた瞬間、力強い腕が強引にエリタを抱え上げ、セスの膝上に向かい合わせで乗せた。

「セス——ぅ、んッ」

抗議の声が、くちづけに奪われる。

激しいが今までにないほど優しくもある舌使いに、エリタはいつのまにか夢中になっていた。互いの舌を擦り合わせては搦め、柔く吸われる刺激に体を震わせる。

次第にセスの唇は首すじに降り、鎖骨を甘噛みしてからエリタが引っ掻いて傷になっている場所を舐めた。

「だめ、セス――汚いわ」

「だから綺麗にするんだろ」

言うなりずるりとドレスを剝かれて、いつのまにかファスナーを下げられていたことに気づく。ブラジャーのフックまで外されており、一緒に肩から落ちていた。

セスの手のひらがエリタの素肌を愛撫し、柔らかな丸みの先端が舌で掬われる。舐めるように数度弾かれただけで弾力を持ったそこに、セスが強く吸いついた。

「ん、あっ――そこ、や」

「嫌か？　じゃあこっちにしよう」

言うなりセスが逆に吸いついたので、違うと首を振る。それでも体は反応しており、エリタの腰は揺れていた。

自分で思っているよりも、心も体も興奮している。

気持ちが通じたからこそ肉体も繋げたいという欲求は、エリタの中にもあるのだ。

「ん、あっ、あ！」

反らした体が思いのほか容易くバランスを崩し、戸惑う。

「エリタ、俺に摑まってて。君を支えてやりたい気持ちはあるが、今はあちこち触りたい」

「セスっ」

欲情に濡れた声音で懇願されては、エリタとて流されずにはいられなかった。羞恥を堪えながら、おずおずとセスの肩に摑まる。

首すじに寄せられた鼻先と共に髪に顎を擽られて、微かな官能を刺激された。

エリタの谷間に顔を埋めながら、セスが自由になった両手で股間をまさぐる。何をするのかと見下ろしたエリタの視界に、勃起したセスの性器が入って慌てて視線を逸らした。

「な、なにをするの……？」

「やらしいことだよ」

甘やかな囁きがそのまま首すじを撫であげ、唇が耳たぶを食む。

「……ぁっ」

途端に濃くなった淫らな気配に絆されたエリタの腰が、ぐっと引き寄せられた。

背もたれに阻まれて逃げ場のない脚が限界まで開かされ、あらぬところにセスの猛ったものが押し当てられる。すでに愛液でぬめり始めていた淫唇は、硬く脈打つ熱杭に吸いつくように密着していた。

僅かに腰を動かしただけで、それの質量が増したのがわかり、エリタは体を熱くする。

「あっ、っ」

あまりに淫らな状態に焦る気持ちが余計にエリタに腰を動かさせ、結果的にセスを刺激してしまう。

それに興奮している自分が恥ずかしくて、エリタは涙目になった。はしたないと萎えられたらどうしようと、潤んだ瞳をセスに向ける。

「ごめ、なさ……き、気持ちよくて。はしたないと、思わないで……」

震える声で告げながら腰を引こうとしたが、尻を摑んだセスの両手に強く引き戻されてしまった。

「ぁんっ」

「っ、エリタ。そんなに誘惑しないでくれ。もっと丁寧に愛したい」

「あっ、ちが――んんっ」

唇が奪われ、ゆっくりとエリタの舌が搦め捕られる。いままでの犯すようなものとは違うセスのくちづけは甘く、エリタを簡単に蕩かせた。

応えたい一心で、つたなくセスの舌を吸う。するとセスの下肢がひくっと動いて、感じてくれたのだとエリタを安心させた。

背中を優しく撫でていた手が下がり、尻を揉んでから腿の外側を這って膝裏を擽る。

戻るときは行きの優しさとは裏腹に内腿を摑むようにして愛撫してきて、エリタの官能を煽った。

　全身に響くような優しい快感が、じわじわとエリタを高めていく。心を無視して肉体だけが昂ぶらされるのとは違う痺れに、吐息が乱れる。

「ぁ、っ――んっ」

　セスの両手の指が脚の付け根のくぼみを押し、エリタの腰を揺する。そのまま下腹部を愛撫した指先は、濡れた茂みを混ぜた。

「んっ、そこ、は――」

　くちづけで乱れた息を熱くしながら、とろけた瞳でセスを捉える。セスはエリタの瞳を見つめながら指先を少し潜り込ませ、敏感な粒に触れた。

「どうして欲しい？」

　セスに甘く囁かれて、エリタの目尻に情欲が滲む。

　きちんと愛されて掘り起こされた官能はエリタを大胆にさせ、肩を掴んでいた両腕を首に回させた。

　厚い胸板に、胸を大胆に押しつける。

　セスは興奮してくれたようで、熱い息を零した。上着を脱がせておけばよかったと、素肌に擦りつけられなかったことを悔やむ。

けれどそれこそがエリタの興奮を煽り、セスの耳元に唇を寄せさせた。トワレに混じるセスの体の匂いを胸一杯に吸い込みながら、羞恥を押し殺した声で囁く。

「さ、触って」

エリタの願いに応えるように、セスの親指が熟れた粒を掻くように擦った。突き抜けるような刺激に、エリタの体がびくんと跳ねる。

「っあっ、は、――んっ」

「もっと強く？　それとも――、こっちも？」

尻側から回された腕が股に潜り込み、ひくつく内壁に指を二本滑り込ませる。熱くぬめっていたそこはセスの指を奥へと誘い込み、味わうようにしゃぶった。締め付けたところで抜き差しされて、腰が揺れる。そうするとひくつく淫唇をセスの熱杭に擦りつける形になってしまい、エリタは身悶えた。

「あ！　やっ――んんっ」

「とろとろだな。俺だけがその気になっていたんじゃなくて、安心したよ」

言うなり指を三本に増やされ、ぐちゅぐちゅと中をかき混ぜられる。溢れる淫液が内腿を濡らしていくいやらしさに性感を煽られて、エリタは睫毛を震わせた。

肉壁を弄んでいた指が内部を広げるように動き、エリタの腰を踊らせる。恥ずかしくて、エリタは頭を力なく打ち振るった。

「や、やぁっ、だめっ」

「ダメ？　気持ちよさそうだが」

「きも、ち、いいから、――だめっ、あっ、あ、こりこりしないでっ」

押し込まれた指先に子宮口のしこりを弾かれ、エリタはセスの首すじにかじりついた。

そうすることで晒された細い首すじに、セスが浅く噛みついて、強く吸い上げてくる。

段々と淫らな気持ちになってきて、エリタはセスの雄で貫かれる快感が欲しくなった。

「ぁ、あ、セス、ぅ――」

ねだるにはまだ勇気がなくて、切ない声で喘ぐ。セスは赤く鬱血した場所に舌を這わせてから、エリタの奥を擽っていた指を抜いた。

濡れた手に尻を掴まれ、強く揉まれる。まるで愛液を雄芯にぬりつけるように動かされて、エリタはせり上がってくる恍惚に身を震わせた。

「あ、や――んっ」

エリタの尻から腿にセスの両手が這い、少しだけエリタの体を持ち上げる。

「エリタ、腰を上げてくれ。そろそろ挿入《はい》りたい」

「ん」

甘い声音でねだられて、エリタは酔わされるように腰を上げた。熱い塊を、淫唇が貪欲に舐めあげる。

エリタのうなじにふっと興奮に熱を持った吐息が吹きかけられ、先端がそこにあてがわれた。十分に濡れているそこは、ちゅっとセスに吸いつく。

俄《にわか》に腰を掴むセスの指先に力がこもったので、エリタは一気に押し込まれることを警戒したが、セスの腕は逃げかけたエリタの動きを阻んだだけだった。

「あっ、あ、やっ」

「嫌？　本当に――？」

体を必死に支えて震えるエリタの腿を撫でながら、セスが問いかけてくる。そうする間にもとろりと愛液が溢れてセスに伝うのがわかり、エリタはごくりと唾を呑み込んだ。

「ん、セス……嫌じゃ、ないわ。……ほしい」

「なら、エリタが挿れてくれ。君が望んでくれているんだと、感じたい」

誑かすように甘く囁いて、エリタの羞恥をセスが剝がす。

それでもエリタは自ら腰を落とす恥ずかしさに戸惑ったが脚の筋力のほうが限界で、意図せず半分がずぶりと潤んだ沼に沈んだ。

「あっ、あっ――だめっ、ゆ、ゆっくりっ」

「俺はなにもしてないよ」

エリタは腰を支えて欲しいのに、セスがしれと両手を離す。

「うっ、んっ――あぁっ、も、ずるぃっ」

挿入の衝撃に喘ぎながら、エリタの肉はセスの雄芯《おしん》を呑み込んでいった。

なんとも言えない官能がエリタの奥から湧き上がり、興奮に息が上擦る。そこにセスの熱があるというだけで、イッてしまいそうだった。

「はぁ、……あっ……セス、の、きもち、ぃ」

恍惚と呟くと、どくりとそれが脈打つ。僅かに質量が増したことに震えて、エリタは腰を落としてしまった。

「あぁっ――んっ」

意図せず突き上げられて、きゅうとセスを締め付けてしまう。

「――っ、エリタ、キツイぞ。気持ちは良いけど、これじゃ動けない」

上擦った声で訴えてきたセスの両手が再び腰を摑んできたので、エリタは焦って首を振った。

「あっ、だめ――だめっ、まだ動かないでっ」

涙目で懇願したが、それが逆効果だったようで、セスの腰は容赦なくエリタを突き上げてきた。二度、三度と続けざまに穿たれる。

爪先から脳天まで電流のような快感が奔り、エリタは喉を反らせて喘いだ。

「ひ、んんッ――やぁ、あ！　だめって、いった、ぁ、のにっ」

「無理だ、エリタ。止まらない」

乱れた呼気の合間から、余裕のない声が零される。

腰にセスの指先が喰い込み、エリタは何度も小刻みに奥を穿たれた。途中、腰を大きく回されて、ぐちゅっとエリタの肉壁が抉られる。

エリタはもたらされた官能に高い声で喘ぎ、セスに縋る指先を背に喰い込ませた。

「あっ、あ、やっ――もっ、セスっ、セスぅ」

「君の中は、すごく熱い。とけそうだ」

耳元で囁かれて、その声が与える快感の強さにエリタの全身が粟立つ。身震いに硬直していた体をソファの座面に押し倒され、セスが獣のように腰を突き入れてきた。

「あ、ああっ！　やぁっ」

穿つたびに揺れる両胸をセスが摑み、乳首ごと揉みしだいてくる。エリタを追い詰めるように敏感な先端が抓られ、中を犯す動きが速められた。

セスに縋るエリタの指が震え、何度も背から滑る。

「あっ、あっ、ひっ――や、あぁっ、はげしっ――んぁっ、あっ」

「エリタ、エリタ……愛してる」

その言葉を呑み込ませるかのようにセスにくちづけられたとき、エリタは腰を痙攣させていた。絶頂に収縮する肉壺に欲望をねじ込まれ、最奥に熱い欲望を呑み込まされる。

その瞬間、得も言われぬ多幸感に全身が包まれ、エリタの心がじわりと熱を持った。滲んで広がるような恍惚に、体の感覚が溶けていく。それをセスの体に包み込まれ、エリタは喜びに震えた。

「あぁ、セス。私も愛してるわ」

快感に身を震わせながら、くちづけと甘い囁きを交わす。

「君の心も、体も……俺のものだ」

セスもようやく衣服を脱ぎ捨て、汗に濡れた互いの体を擦り合わせた。官能をそそるセスの体臭に酔わされて、胸元の汗を舐める。

セスの体がひくりと震えたのが嬉しくて、エリタは鎖骨を甘噛みした。

エリタの体も心も、まだまだセスを欲している。

「セス……もっと触って」

「言われなくても」

少し強めに皮膚を撫でていくセスの手のひらや指先が心地よく、エリタは吐息混じりに喘いだ。

同じように、エリタもセスの体に手を這わせる。

穏やかな愛撫は互いを昂ぶらせ、いつの間にか再び欲望を露わにしていたセスの雄芯に、エリタはまた貪られた。

二度目はゆっくりと味わうように腰を使われたので、エリタにもセスを味わう余裕があった。その感覚はひどく淫らで、心の奥底までもが快感で満たされる。

見つめてくる森色の瞳に魅入られながら、エリタは促されるままに自らも腰を使った。

「んっ、――セスっ、きもち、いい？」

「とても。ずっとこのままでいたいくらいだ」

さすがにそれは困るとエリタが笑うと、セスも微笑する。

それを境に律動を速められて、エリタは溺れるままに乱れ、セスに愛されることの喜びを噛み締めた。

# 9

互いの心が寄り添ったことで、エリタは日々を満ち足りた気持ちで過ごしていた。

メルヴィンに伴われて街に買い物に出ることもあれば、セスと食事へ出かけたりもする。

娼館で働く者への偏見は少なからずあったが、セスと一緒にいることで娼婦だと間違われても、エリタは気にはならなかった。

彼女たちの心の強さを尊敬していたので、エリタは屈辱だとは思わなかったのだ。

むしろセスが気を揉んでいるようで、区外に住居を探している。

エリタは今のままでもいいと思ったのだが、二人の関係を店の娼婦達に知られている手前、仕事がしにくいのだと言われてしまえば何も言えなかった。

「……そうよね、暢気《のんき》に別館で暮らしている女がいたら、普通は嫌よね」

「やっぱりまだ生肉に触るのは気持ちが悪いかい？　なら、この玉葱を――」

「あ、いえ。大丈夫です。この筋に合わせて、切り込みを入れればいいんですよね？」

思わず洩れてしまった独り言を誤解されてしまい、エリタは慌てて手元に集中し直した。

ここ最近、エリタはフレソニアに料理を教わっているのだ。

仕事と名のつくものをセスが頑なにやらせてくれなくて困っていたら、フレソニアが手料理を食べさせたいから教わりたいと甘えてみろとアドバイスをしてくれたのだ。

効果は覿面《てきめん》で、セスは反対するどころかとても喜び、積極的に賛成してくれた。

どうして料理はいいのかとエリタは驚いたが、惚れた女の手料理ならば、男はそこらの石ころを炒めても喜んで食べる生き物なのだと、フレソニアに教えられた。

そんなものでも喜んでくれるのであれば、美味しいものを作らないわけにはいかない。

エリタは張り切って、一週間ほど前から夕食の準備を手伝っていた。

特に今日は、気合いを入れずにはいられない。セスは一切そんな素振りをみせなかったが、メルヴィンから今日が彼の誕生日だと教わったのだ。

今日ほど、神に感謝しなければならない日はない。

「そうそう、そうやって開いたら、そこにこの香辛料をすり込むんだ。たっぷりとね」

「はい」

あれこれと教わりながら、メインの下準備を進めていく。

今日だけはエリタの希望で極力アドバイスだけにしてもらっているので、どうしても料理は簡単なものになってしまったが、気持ちだけは込めようとエリタは必死だった。

あらかた作業が終わったところで、タイミング良く買い出しに行っていたメルヴィンが戻って来る。

「ただいま！　買ってきたよ！」

「おかえりなさい」

厨房に響いた元気な声に返事をして、エリタは冷蔵庫で冷やしていたスポンジケーキを取り出した。

その間にフレソニアがまな板や果物ナイフなど、必要な道具を中央にある調理台に運んでくれる。

「バナナ安かった！　バナナ！」

エリタと視線が合うなりそう叫んで、メルヴィンは買い物篭の中からバナナの房を取り出した。

子どもらしい一面を見せられると、ケーキが食べられると知って、朝からずっとはしゃいでいるのだ。

「メルヴィンったら、それはお前の好みだろうに」

フレソニアに窘められても、メルヴィンはくじけなかった。

「セスも好きだよ。あと苺とマンゴー！」

「わかったから、強く摑むんじゃないよ。傷むだろう。——エリタは果物を切って。メルヴィンはこれ。しっかり泡立てるんだよ」

「なにこれ？　牛乳？」

フレソニアにそれをちゃんと泡立てるとホイップクリームになるのだと教わると、メルヴィンは目を輝かせた。

元気な子どもにつられて、場の空気が賑やかになる。エリタはとても楽しい気持ちになりながら、不器用な手つきで懸命にバナナを輪切りにしていった。


サプライズパーティは大成功し、セスはエリタの手料理を本当に喜んで食べてくれた。

あまり賑やかに食事をする男ではなかったのでエリタは少しだけ心配していたが、杞憂だったらしい。

一通り食べ終わると、フレソニアが気を遣って、後片付けはいいからとエリタとセスを部屋に戻してくれた。

部屋に戻ると、メルヴィンとフレソニアの二人からと称してシャンパンが用意されていたので、二人で乾杯する。

「改めて、お誕生日おめでとう、セス」

「ありがとう、エリタ。だができれば、来年は最初から二人きりがいい」

「そんな……。みんなでお祝いしたほうが楽しいわ」

甘い声音で囁かれて、エリタは気恥ずかしさにうつむいた。来年という言葉がとても感慨深くエリタの心に響いて、きゅんと胸が切なくなる。

「その気持ちもわからなくないが、君の手料理も、その笑顔も独り占めしたい男心もわかってくれ」

意味深な眼差しには熱が籠もっており、エリタを落ち着かなくさせる。指先の熱を持て余しながら、エリタはシャンパンをまた口に含んだ。

「こ、これ。すごく美味しいわ」

エリタのぎこちない言葉を、セスが笑う。けれど話を蒸し返すような意地悪はせず、素直に会話を拾ってくれた。

「そうだな。俺の好みにもちゃんと合ってる。さすがフレソニアというべきか」

「フレソニアさんは、ここでのお手伝いは長いの？」

「俺が幼かった頃は、若い子達の教育係をしていたな。今は歳を取ったから引退して、別館の管理をしてもらってるみたいだ。確か、昔は娼婦として店で働いていたはずだ」

「そうだったの……。だからあんなに所作が綺麗なのね」

高級娼婦というものがいかに賢く美しいかを、エリタはフロラシオンを通して理解しつつある。

教養や知識がなければ、金持ちや貴族の相手は務まらないのだ。

そしてそういう教育を、この店はきちんとしてくれるということも。

「ランフォスさんは、とても優秀な経営者なのね。外に出るようになって、フロラシオンがとても素晴らしい店なんだということが、よくわかるようになったわ。ここの女の子たちが一番輝いているもの」

「今日という日に、他の男を褒めるのか？」

思わず口にしてしまった言葉だったが拗ねた口調で批難され、エリタは指先で唇を押さえた。視線を向けると、不機嫌な横顔がシャンパングラスを傾けている。

「ごめんなさい、セス。そんなつもりじゃなかったの。機嫌を直して？」

「俺の機嫌をとりたいのなら、こっちにおいで」

手で招かれてしまえば、行くしかない。エリタはグラスをテーブルに置くと、椅子から立ち上がってセスの傍へ歩み寄った。

「きゃっ」

なんとなく予感はしていたが、腰を摑まれて膝に座らされる。逃げられないよう肘掛けに両脚を持ち上げられてしまい、エリタはセスの懐で縮まった。

「こんなことをして、どうするの？」

「なにかして欲しいか？」

すんと匂いを嗅ぐように耳裏に鼻を擦りつけられて、僅かにエリタの頬が熱を持つ。恥ずかしさに身を捩ったが、背中を支える腕に阻まれた。

鼻先は首すじを下り、鎖骨に辿り着くと唇に変わる。露わになっていた胸の上部にちゅっと音をたてて吸いつかれ、エリタは軽く息を詰めた。

「セス、くすぐったいわ」

「君の肌は甘い」

とろけるような眼差しを向けられて、エリタの瞳も潤む。そのまま唇を舐められ、エリタは誘われるままに舌を出した。

「――ん、っふ」

「舌も甘い」

「やめて、恥ずかしいわ」

首を振って逃れようとしたが、後頭部を押さえられてしまう。押しつけられた唇に味を確かめるように舌をしゃぶられて、エリタの背すじが痺れた。

膝頭をずっと撫でていたセスの手のひらが、ゆっくりと奥へと忍び込み、エリタの腿を揉む。

「……っ、セス」

「したい。いいか？」

耳たぶに吸いつきながらねだられて、首を竦める。セスの欲情に煽られて潤んだ瞳に唇が寄ってきたので目を閉じると、やわらかく睫毛《まつげ》を食まれた。

下着の上から割れ目を指先でなぞられると、じわりと愛液が滲む。僅かに湿ったそこを何度も爪で掻かれて、エリタは膝を擦り合わせた。

「エリタ。抱きたい」

「いい、けど——っ、ここじゃいやだわ」

羞恥を堪えながら、エリタは視線でベッドを指す。するとセスはうっそりと微笑んで、エリタを抱き上げた。

「ねだっておいてなんだが、君に抱いてもいいと許されると、思いのほか滾《たぎ》るな」

「――もう、――んっ」

どこまで恥ずかしがらせれば気がすむのかとエリタは声を上げようとしたが、セスの嬉しそうな唇に塞がれてしまう。

華奢な体がベッドに優しく降ろされ、甘やかな色気を纏うセスの体が、エリタに覆い被さってきた。

## 10

いつものようにフレソニアと夕食の下準備をしていると、不意に食堂からエリタを呼ぶ声がした。

フレソニアに断りを入れてから食堂へ顔を出すと、セスが神妙な顔つきで戸口に立っている。

「どうしたの、セス？」

店が忙しくなる時間にどうしたのかとエリタが問うと、セスが一歩脇に逸れた。

「君に客だ」

「え、私に――？」

エリタが首を傾げると、セスの後ろから人影が現れる。

それが誰かわかった途端、エリタの全身に衝撃が奔った。信じられない思いに、声が上擦る。

「カルゲン、どうしてここに……？」

ピシリと直立した初老の紳士は、エリタの前に立つと深々と一礼した。

「そんなに不思議そうな顔をしてくださいますな。行方のわからぬ主を捜すのは当然のことでございます」

告げながら、カルゲンの顔がくしゃりと歪む。ブルーグレイの瞳が見る間に潤み、透明な雫が皺だらけの目尻に流れた。

「エリタ様……。ようやくお会いできた！」

力強い一言にこめられた万感の思いを感じて、エリタの胸がじわりと熱くなる。

エリタが無能だったために屋敷を追い出されてしまったというのに、カルゲンはまだ、エリタを主だと言ってくれるのだ。

「私を……まだ主だと思ってくれていたの？　私を……捜してくれていたの？」

「当然です。貴方様のお父上であるクライド様亡き後、私の主はエリタ様ただ一人でございます」

「……ありがとう、カルゲン。私もいつか、あなたを捜して謝ろうと思っていたのよ。私が至らなかったせいで、守ってあげられなくてごめんなさい」

「とんでもございません。守らなければならない立場にいたのは私でございます。クレオの奸計《かんけい》にまんまとはまり、お傍を離れたこと、お許しください……」

「無事だったならいいのよ。そうでしょう？」

未だに涙が止まらないらしいカルゲンの肩を、そっと撫でる。

今年で五十三になるはずだが、それよりもぐっと老けて見えるようになってしまった気がして、エリタは眉尻を下げた。

「こうしてあなたが捜してくれたことで、再会も出来たわ」

「それは、そうなのですが——よもやこのような界隈におられるとは夢にも思わず。お迎えが遅れましたこと、深くお詫び申し上げます」

涙に濡れた顔を取り繕いながらカルゲンがちらとセスを見たのがわかり、エリタは彼を蚊帳の外にしてしまっていたことに気がついた。

「ごめんなさい、セス。紹介するわ、この人はカルゲン。サフィン家で父様の代から執事をしてくれている方よ。カルゲン、こちらはセス。この娼館で経理を任されているわ。困っていた私を助けてくれた恩人なの」

「左様でございましたか。エリタ様の行方をお調べしていてこの方に行き着きまして、正直なところを申しますと、そのお立場から生きた心地がしていなかったのですが、私の誤解だったようでございますね。エリタ様を助けていただき、ありがとうございました」

カルゲンに深々と頭を下げられると、セスが酷く苦い顔をする。そこに罪の意識があることに気がつき、エリタはセスの手をぎゅっと握った。

深緑の瞳がエリタに向き、視線が絡む。エリタは微笑んだが、いつになく寂しげな微笑がセスから返されてドキリとした。

「……セス？」

僅かな異変を確かめようとしたが、不意に手を解かれたことに驚いて言葉を見失ってしまう。エリタが戸惑っている間にその手をカルゲンに摑まれ、エリタは目を瞬かせた。

「では、屋敷へ戻りましょう、エリタ様」

「えっ？」

「クレオに出し抜かれはしましたが、その後に抜かりはございません。シャウセル様にご助力頂き、屋敷は既に取り戻してございます」

「シャウセルおじさまが……？」

シャウセルはエリタの父、クライドの親友であり、優秀な弁護士だ。他大陸の港町で個人事務所を開いており、数年に一度の間隔で屋敷に遊びに来てはクライドと酒を飲み交わしていた。

幼い頃はエリタの遊び相手にもよくなってくれていたし、両親の葬儀の際も大変世話になったのだ。

どうやらカルゲンは屋敷を追い出された後、単身でシャウセルに助力を請いに行ってくれていたらしい。

「カルゲンあなた、船は苦手なのに……。アクヴェリアまで、私のために行ってくれていたのね」

「私の役目と思えば、船の揺れなど微塵も感じませんでした。どうしても耐えきれなかった場合は泳げばいいと、浮き輪も用意していたのですがね」

温かな茶目っ気に絆されてエリタが笑うと、カルゲンの眉尻も下がる。

エリタはカルゲンの行動力に感動しつつ、己の情けなさを恥じた。

自分が不甲斐ないばかりに皆をバラバラにしてしまったと失意に暮れるばかりで、エリタには奪われたものを取り戻そうという気概も、考えもなかったのだ。

「ごめんなさい、私は状況に流されるばかりで――」

「仕方ありません。貴方様は若い御身でありながら、突然色々なものを背負わされたのですから。しかもそれを支えるはずの者が裏切り者だったのです。クレオは狡猾な男ですから、むしろなにかしなくてはと、エリタ様が無茶をされなくてよかった」

「……ありがとう、カルゲン」

優しい慰めに目を細めると、エリタの手を取るカルゲンの指先に力がこもった。

「他の者達も、エリタ様のお帰りを心待ちにしております。今後、成立してしまっている財産譲渡の契約を無効にさせる準備もしなければなりませんので、急ではございますが、ご準備願えますか？　お手伝いいたしますので、お部屋をお教えください」

「あ、でも――」

エリタは急な展開に戸惑い、助けを求めてセスに視線を向けたが、その横顔がすっと前に逸れる。

「こちらです」

食堂から通路に出たセスに、カルゲンが続く。淡々としたセスの態度に、エリタは不安を覚えずにはいられなかった。

そもそも身一つでここに来ていたエリタの荷物などあまりなく、セスから与えられたドレスが数着ある程度だった。用意していた鞄に、カルゲンが荷物を綺麗に詰めていく。

それはものの数分で終わり、エリタは状況を巧く飲み込めないまま敷地内にある裏門に移動させられていた。

表では目立ちすぎるからと、そこに馬車が移動させられているのだ。

「セス、私――」

「良かったな、エリタ。これで、君がいるべき世界に戻れる」

「……どういう意味？」

どこか突き放すような物言いに耐えきれず、エリタはとうとうセスの腕を掴んだ。歩みを止めた二人をカルゲンが振り返ったが、セスが「荷物を積んでいてください」と告げると状況を問うことはせず先に行ってしまう。

セスとカルゲンの間には暗黙の了解のような雰囲気があることに今更気がついて、エリタは青ざめた。

「なに……？　セス、なにかカルゲンと話をしたの？」

「いや。何も」

「嘘だわ。何もないのならどうして、私はこんなに置いていかれたような気持ちになっているの？」

興奮気味に訴えると、セスの手のひらが宥めるようにエリタの髪を梳《す》いた。

「誰も君を置いていったりはしない。だからこうして、カルゲンさんが迎えにきてくれたんだろう？」

「そう、だけど……。ねえセス、あなた変よ」

「いつもと同じだよ」

「嘘だわ。さっきから、私と目を合わせようとしないもの」

エリタが無理に視線を合わせようとすると、唐突に強く抱き寄せられて息が詰まる。エリタが苦しいと喘ぐと腕はすぐに緩んだが、密着した体は離れなかった。

この抱擁には何か、とても大切な何かが込められている気がして、エリタの体が震える。

「セス？　私たち、これからも逢《あ》えるのよね？」

「……俺の望みは、君が幸せであることだ」

望まれることを喜ぶには、あまりに声音《こわね》が苦い。エリタは不安な気持ちを伝えるように、セスの腕をそっと摑んだ。

「私の幸せって、どんな？」

「……君に相応《ふさわ》しい世界で、君が君らしくいられることだ」

「相応しいって、なに？　それを決めるのは誰？」

「エリタ……」

言外に困らせないでくれと言われたのはわかったが、エリタは口を閉ざすわけにはいかなかった。

「逢いに来ていいのよね？　逢いに来てくれるのよね？」

不吉な予感を確かなものにしたくなくて、念を押すように迫る。しかしセスの返事は、困ったように下げられた目尻だった。

ここを出てしまったら二度と逢う気がないのだと思い知らされて、エリタの呼吸が浅くなる。

セスと心が繋がったことで色味が増していた空が、一気に褪せていく気がした。

「――借金が。借金がまだ残ってるわ。だからまだ、私は帰れな――」

「エリタ。そんなもの、最初からない」

「そんなはずはないわ。私はあなたが地面にお金をばらまくのを見ていたもの。それが奪われるのも！」

「あれは俺が俺のために捨てた金だ。君の負債には成り得ない」

「でもあなたは私のためだって言った！　どうして今更そんなことを言うの!?」

「なら、とっくに返済し終わっていると言おうか？」

「嘘よ。メルヴィンが以前、一番人気の娼婦ですら一晩十万ルピト前後だと調べて教えてくれたもの。私のような、ただ抱かれることしか出来なかった女が、半月足らずで二百万ルピトを返せるわけがないわ！」

「教えてあげようか、エリタ。処女は人気があるんだ。この店でも、処女の娘が入ると常連客に水揚げ代を競わせる。女に価値があればあるほど、値は吊り上がるんだ」

「……なに？　何を言っているの？」

耳元で囁かれる言葉の意味がよくわからなくてエリタは身じろいだが、セスの言葉は止まらなかった。

「君の値段の話だろう？　サフィン家のお嬢様の処女だからな。実際に競わせていたら、俺が君に金を払わないと辻褄が合わない値段がついていたはず――」

「やめて！　お願い」

「この話を持ち出したのは君だ」

「ごめんなさい。私が悪かったから、もうやめて。酷いことを言わないで」

涙声でエリタが訴えると、耳元でセスの吐息が笑った。はっと顔を上げると、穏やかな深緑がエリタを見つめている。

「……わかっただろ？　君と俺の住む世界は違うんだ」

その一言は、エリタに強い拒絶を感じさせた。けれど確かに、セスが生きてきた世界とエリタが生きてきた世界はまったく違う。

カルゲンが現れる前だったならば、エリタはセスの世界に馴染むことに不満も不安もなかったが、エリタに尽くし、エリタの帰りを待ってくれている者達がいると知ってしまった今はもう、ここに留まることはできない。

かといって、セスに一緒に来てくれということも出来ないのだと、心ではなく頭が理解していた。

娼婦の子であり、娼館で働いていたセスは、たとえそれが経理であっても、エリタの住む社会では蔑まれるだろう。

商人であることに誇りを持ちながらも、その大半は貴族に憧れている。それ故に生まれや育ち、職種を差別する風潮が間違いなくあるのだ。

高級娼館を経営しているランフォスのことを、社交界で見たことがないのがいい例だ。

「セス、私、は……私……」

喉まで出かかった言葉を呑み込んで、エリタはきつく拳を握りしめた。

（……一緒に来て欲しいとは、言えない）

傷つけるとわかっているのに、エリタが愛しているからという理由だけで連れ出すにはあまりに酷な世界だ。

なによりセスが、そのことを理解した上でエリタの手を離したがっている。

(言えないわ)

セスが保身からそれを決断したわけではないことは、さすがにわかる。けれど、一人で決断せずに、エリタにも説得する機会を与えて欲しかった。

こうも覚悟を決められてしまっては、泣いて縋ることもできない。

「……セス、愛してるわ」

精一杯の気持ちを込めて告白すると、セスの指先が優しくエリタの頬に触れた。

「俺も愛してる」

柔らかく、少し冷たいセスの唇が、エリタの額やこめかみ、目尻に押しつけられる。

最後のくちづけは、酷く苦い味がした。

# 11

門の外に停められていた馬車に、カルゲンの手を借りてエリタが乗り込む。身を屈めたときちらとこちらを振り返ったので、セスは片手を上げて微笑んだ。

それ以上は見送ることが出来なくて、門に背を向ける。

店の裏口前に立ち竦み、奥歯を噛み締めていた力を緩めると、眉間に皺が寄った。

「……彼女は君のものだったんじゃないのかい？」

不意にかけられた声に、はっと息を呑む。セスが振り返ると、目の前にランフォスが立っていた。

「エリタちゃんの居場所は、俺の腕の中だけだって、豪語してたくせに」

肩を竦める大げさな仕草で呆れられ、挑発される。

けれどそれが発破《はっぱ》をかけているのだと長年の付き合いでわかるだけに、セスは逆に冷静になった。

「状況が違う。立場を取り戻してしまった以上、俺の存在はエリタを不幸にする」

「それを決めるのって、エリタちゃんじゃないの？」

「そうかもしれないが、エリタは優しすぎるんだ。すぐに他人の感情に感化して、苦しみや悲しみを自分のもののように共有しようとする。俺が追いかけることは容易いが、それは彼女を苦しめる」

縋るようだったエリタの瞳を思い出して、セスは拳にぐっと力を入れた。

自分の生まれや境遇を嘆いたことなどなかったのに、生まれて初めて娼婦の息子であることや、娼館で働いていた自分が憎い。けれどそう思ってしまう自分の薄情さも、同じくらいにセスを苦しめた。

今、セスがこうして存在していられるのは、彼らの誰一人、環境すら欠けても成り立たないのに、それを足枷のように思ってしまう。

貴族じゃなくていい。普通の家庭に生まれ、ごく普通の仕事を普通にしている男だったならと、考えてしまう。

「俺といることで、エリタはよく娼婦と間違われた。俺は、それがとても嫌だった」

「娼婦だと思うと、男の視線は途端に不躾になるからねぇ。そりゃ、恋人からすれば不快だろうさ」

「そうじゃないんだ。俺が生きてきた道が彼女を穢しているようで、嫌だった」

「君らしくない言葉だな。君は僕よりも、彼女たちの気高さを知っていると思っていたんだけれど」

「世間の反応を言ってるんだ。俺は生まれにも、生きてきた環境にも、引け目を感じたことなどない。だが、俺のせいで謂われのない差別を受けている彼女を見るのは辛い」

「だから、拾ってくれる相手が現れたのをいいことに捨てたのか」

「違う！　俺は、彼女のために――」

眼前に人差し指を突きつけられて、言葉が詰まる。セスが榛色の瞳を睨み付けると、ランフォスもまた、今まで見たことがないほど真剣な眼差しで見返してきた。

「言ったかい？」

「なに？」

「恥ずかしい。仕事を替えて。こんな生活は嫌。あなたと外を歩きたくない――。彼女は一度でも、どれか一つでも、君に言ったかい？」

「……そういうことを、口にする女じゃない」

「けど、顔には出る子だ。素直な子だからね。彼女はいつもどんな顔をしてた？」

突きつけられた疑問への答えは、勝手にセスの脳裏に次々と浮かんだ。言葉よりも雄弁な表情は喜怒哀楽のどれもが鮮やかで、セスの記憶にはっきりと残っている。

そのどれを切り取っても、セスを疎んだりするものなどなかった。あるはずがなかった。エリタはいつだって、精一杯セスを愛してくれていた。

傷つけていたときでさえ。

「――ッ。ランフォス、俺を惑わせるのはやめてくれ。もう決めたんだ」

セスは緩く首を左右に振ったが、ランフォスの瞳は視線を逸らすことを許さなかった。

「わかりきっている答えから逃げるのか、セス。ならそれは、君のエゴだ。エリタちゃんを不幸にしたくなかったんじゃない。君が彼女を幸せにする自信がなかっただけだ！」

「違う！　そんなことはないッ」

強い言葉にドキリと心臓が跳ね、反射で怒鳴る。激しく狼狽したことに、セス自身が誰よりも驚いていた。

「そんなことは……ない」

「ふぅん。でも、迷ったから君は今ここにいるんだろう？　もしかして、僕への義理もあったのかな？」

「それは……」

ないとは言えなかった。

エリタはセスの生きる希望だったが、ランフォスは生きるための環境を与えてくれた男だ。だからこそ感謝して、最大限の恩義で応えてきた。

今、セスが仕事を放り出したら店が大変なことになることは、経理だからこそわかる。そうセスが逡巡したことを見透かすように、ランフォスが盛大に嘆息した。

「図星みたいだね。……なんて馬鹿な弟だろう。お兄ちゃんは悲しい」

「ランフォス……？」

一気に緩くなった空気についていけずに、戸惑う。そんなセスの両肩に手を置いて、ランフォスは悲痛な面持ちで口を開いた。

「悲しいけど、仕方がない。悪いけど、セス。君はクビだよ」

「……なに？」

「馬鹿な男に、僕の大事な大事なお店の経理を任せられるわけがないだろう？　だからクビだ」

スパッと首を切る動作をされてセスは面食らったが、扉の向こうで馬のいななきが聞こえた途端、体が勝手に門に向いていた。

反射としか言いようのない動きが、セスの本心を物語っていた。

エリタの傍にいたいという想いが胃の底からせり上がり、胸から溢れる。

飴色の瞳、柔らかい唇、艶やかな髪、甘い肌。なによりも、彼女の笑顔がセスの衝動を煽った。

「退《ど》いてくれ！」

ランフォスを押し退かした瞬間、背中を思い切り叩かれる。その痛みが兄のように慕っていた男の愛情なのだとようやく気がついて、セスは踏みこむ足に力を込めた。

器用なはずの男の不器用な激励に、思わずセスの頬が緩む。脳が命令するよりも速く、本能が体を動かしていた。

見送りに出ていたメルヴィンとフレソニアの脇を駆け抜け、加速しかけていた馬車に飛びつく。扉側にいたカルゲンが瞠目したが、構わず扉をこじ開けた。

驚いた御者が馬を止めた反動で馬車が大きく揺れ、エリタの膝元に倒れ込む。

「セス！　大丈夫⁉」

驚きに見開かれた飴色の瞳は微かに潤み、目尻も赤かった。それが心なしか青ざめて見える顔色と対象的で、セスは自分の迷いがエリタを不幸にするところだったと自覚する。

支え起こそうと伸ばされた手を逆に摑み、セスはそのまま膝元に跪いた。

カルゲンの視線が後頭部に突き刺さらんばかりだったが、精一杯の愛情を込めて、エリタの細い指先にくちづける。

「エリタ、俺を君のものにして欲しい。――一緒に、連れて行ってくれ」

告げた瞬間、エリタの指先が震える。眦から見る間に涙が溢れ、エリタはセスの手を両手で強く握りこみ、そこに額を寄せた。

「………この手を、二度と離しはしないと誓ってくれるなら」

セスの手を抱え込むようにしながら、嗚咽混じりに訴えられる。その声に、初めてエリタの批難を感じて、セスの胸には狂おしいほどの愛しさが溢れた。

どうしてこの手を離せたのかと、数分前の己の愚かしさを呪う。セスはエリタの目尻から涙を拭い、潤みきった飴色の瞳を見つめた。

「誓う。二度と、君の傍を離れたりはしない」

セスが真摯に告げると、エリタがようやく微笑む。

セスの体は甘やかな痺れに満たされ、もう何度目かわからぬ恋に落ちていた。

◇　◇　◇

屋敷に戻ったエリタは、集まった使用人達にまず、至らなかった己の無力を謝罪した。誰も彼もが仕方がなかったと言ってくれたが、うやむやにする気はなかったのだ。

その詫びと労いをかねて広間での夜会を許可したので、少し前から階下から楽しげな笑い声と音楽が聞こえてきている。

カルゲンは渋い顔をしていたが、監督役も兼ねて楽しんではくれるはずだ。

「エリタ、集中して」

「あっ」

よそ事を考えていたことを見抜かれて、下唇を強く嚙まれる。じんと痺れたそこに熱い舌が這い、そのまま深くくちづけられた。

当面のセスの部屋として貴賓室に案内した途端、抱きすくめられ、唇を貪られたのは小一時間ほど前だ。

一度は、もう二度と逢えないのだと覚悟しただけに再び触れ合えた喜びは大きく、濃密に触れ合ってしまえばエリタとて拒むことなどできなかった。

存在を確かめるように性急に求め合い、何度もくちづけを交わした。

高め合った余韻を楽しみながら、ろくに脱ぎもしなかった衣服を互いに脱がせあう。

お互いに全裸になると、セスは再びエリタをシーツの上に押し倒した。

逞しい体が、そっとエリタに覆い被さってくる。

「何を考えてた？」

「みんな、楽しんでくれてるかなって」

「ああ、下か。確かに、音が聞こえてくるな」

納得したように呟く唇が、エリタの頬を愛撫して、耳たぶを食む。くすぐったさに逃げると、首すじを甘く吸われた。

「――んっ」

「みんな、良い人そうだった。まずは彼らに認められるよう、頑張るよ」

「特にカルゲンにね。彼にとって、私は孫娘みたいなものだもの」

エリタが意地悪く付け足すと、セスの眉間に皺が寄った。そこに人差し指を当てて、伸ばす。

「ふふっ。そんなに難しい顔をしなくても大丈夫よ。私が選んだ男性《ひと》だもの」

「だといいが……。終始、射殺したそうな目で俺を睨んでたからなぁ……」

「そんな顔してた？」

エリタが暢気に返すと、セスに鼻頭を囓られた。

「あんまり俺を虐めると、大変なのは君だぞ？」

不意に濃密な色気を纏ったセスの雰囲気に酔わされて、エリタの体に力がはいらなくなる。

恋しい相手に支配されている感覚に、胸が高鳴った。

「やらしい顔してるな。やっぱり君は、虐められるのが好きだろう？」

「そんなこと、ないわ」

「呼吸が浅くなってるぞ。興奮してる」

「……っ、だって」

「やらしいエリタ。どこから俺に触ってほしい？」

意地の悪い言葉が、エリタにエリタ自身の欲望を意識させる。見られているだけでジワジワと体が興奮してきて、瞳が潤んだ。

「セス、いじわる……しないで」

「どこ？」

問いながら、人差し指の背が触れるか触れないかの位置で胸の丸みを辿る。産毛がそそけだつような感覚に、敏感な先端がきゅっと硬くなった。

ゆるゆるとそこを撫でられる刺激に、身を捩る。

「――っ、ふ……。ちゃんと、さわって」

「どこ？」

「………っ、胸」

「触られるの好きか？」

「すき」

セスの指先が、つんと勃った先端を軽く弾く。もとよりたわわな胸は、それだけでふるりと揺れた。

「かわいいな。もう勃ってる」

微かに上擦った声が、吐息と共に吹きかけられる。ひくっとエリタが背を反らしたところで、セスがそこに食いついた。

「あっ――ッ、あっ、んっ」

出るはずのない母乳を絞りだそうとでもいうかのように、揉みしだかれながら何度も吸われ、痺れるような刺激に身悶える。

左右を交互に弄ばれながら、エリタも負けじとセスの胸板に手のひらを這わせた。

カリと小さな突起を爪で引っ掻くと、ふっとセスが吐息で笑った。

「気になるか？」

「少し……。私と全然違うもの」

「男だからな」

不思議そうに告げたエリタがおかしかったのか、セスの口端が上がる。エリタはもっと触りたかったが、セスが体を下に移動させてしまったので無理だった。

ぬめる舌が臍をくじる間に、淫唇に両手の親指が押し当てられる。ぐっとそこを広げられ、エリタは焦りに声を上擦らせた。

「っあ、セス——それはだめっ」

身を起こそうとしたエリタだったが、愛液に濡れていたそこを舌で舐めあげられて、腰が砕ける。

熱い吐息が肉芽に吹きかけられると、そこがひくひくと疼いた。

「ひぁ、あっ——んんっ」

硬くした舌に浅い場所をかき混ぜられ、腰が浮くような官能に内腿が痙攣する。更に溢れた淫液をじゅっと音をたてて啜られて、エリタは頭を打ち振るった。

「やっ、そんなこと、しないでっ――あっ、あ！」

「君のここは甘いな」

エリタの懇願を無視して、腫れ上がった肉芽が舌で擦られる。

剝き上げられて露出させられた敏感な粒に、セスの唇が容赦なく吸いついた。淫らな水音が、何度もエリタの鼓膜を犯す。

「あ、あ！　ひぁ、あぅっ」

粒を舌で執拗に弾かれながら肉壺に指を突き入れられると、それだけでイきそうなほどエリタの体は昂ぶった。

尾てい骨を貫くような快感に、強張った爪先がシーツを掻く。

しかし、もうイくというところにくると、なぜか刺激を止められてしまい、エリタは興奮した体を持て余した。

「あぁ、――っ、ふ、セス、なん、なんでっ」

「腰が揺れてるぞ、エリタ。すごくやらしい」

広げられた舌が、エリタの腰骨から脇腹を這う。脚の付け根のくぼみを焦らすように指先で擽られて、エリタは枕を摑んでいた指先に力を込めた。

「っ――ぁ、ンンッ、セスっ」

「もっと呼んで」

焦らされた体には甘い声音すら愛撫でしかなく、エリタは身を捩って狂おしさに耐えたが、落ち着いてくるとまた刺激されて、昂ぶらされる。

それを何度も繰り返されると、頭が煮えたようになり、エリタはイくことしか考えられなくなった。

「はっ、あ——セス！　せすぅ……おねがっ……イかせてっ」

「かわいい、エリタ。もっと乱れて。もっと俺を欲しがってくれ」

うっとりと頬を撫でられるだけで、びくびくと腰が跳ねる。飢えさせられて潤みきったそこに猛ったものを擦りつけられて、エリタの呼気が乱れた。

「ぁっ、っ」

「欲しいか？」

問われるままに、がくがくと頷く。腰が勝手に呑み込もうと動いたが、強く摑まれて阻まれてしまった。

「せすっ……いじわる、しな……でっ」

「してない。欲しがる君が見たいだけだ。すごく興奮する」

エリタの眦からぼろぼろと零れた生理的な涙を、セスが舐め取る。そうする合間にも意地悪く腰は動かされており、エリタの神経を焼き切ろうとしていた。

痙攣に跳ねた脚が、無意識にセスに絡む。頼りない力だったが、セスには予想外の行動だったらしく、エリタが絡めた脚でぐっと引き寄せると、容易く先端が呑み込まれた。

セスが短く息を詰め、低く呻く。その声にエリタのうなじがぞくりと痺れたところで、ぐっとセスの腰が深く突き入れられた。

「ひぁ、あ！　――ッ、あ、あぁ！」

「まったく。もう、すこし――ッ、焦らしたかったのに」

いつになく唐突に始まった激しい律動に、エリタの体が揺さぶられる。待ちに待った刺激は強すぎて、突き上げられる度にエリタの視界に火花が散った。

「あ、あ！　はっ、セスっ、あ、イイっ……きもち――っ」

閉じられない口からはあられもない嬌声が溢れ、セスを呑み込んでいる内側が激しく蠕《ぜん》動《どう》する。

「ああ、くそ――っ、保《も》たない」

口惜《くちお》しげに言い捨てると、セスは一層激しくエリタを犯した。収縮する膣を容赦なくこじ開けられ、子宮口を何度も穿たれる。

追い上げられるままにエリタの肉壁は熱く脈打つ雄芯を貪り、それがよりセスの動きを

獣のようにした。

「はぁ、はっ、あ、あ！　セス、せすぅッ」

穿たれる度に絶頂に似た快感が弾け、エリタを翻弄する。それは恐ろしくもあり、エリタは溺れるような心地でセスにしがみついた。

「セス、あぁ、ア！　も、むりっ――だめっ」

「エリタ――ッ、くっ」

汗で滑る背に無我夢中で爪を立て、最も深いところでセスの欲望を受け止める。

下腹部の熱さと怠さに翻弄されながら、エリタは肩で息をした。

覆い被さってくるセスの重みは心地よかったが、痺れが残るような快感の余韻はとても重く、疲弊が激しい。

「……セス、も、絶対、こんなのは……だめ」

「どうして？　すごく気持ちよさそうだったぞ。俺を奥に引き込もうと中がうねって、全然保たなかっ――いてっ」

恥ずかしい物言いを、腕を抓って黙らせる。エリタがじっと睨むと、ようやくセスは気まずげに視線を逸らした。

「君は追い詰められているほうが大胆だから……。なんていうか、つい」

叱るつもりはあったのだが、いざしゅんとされると可哀想になってしまう。エリタは眉《み》間《けん》に力を込め続けることができなくて、脱力と共に嘆息した。

「もう俺に抱かれたくはない？」

「そこまで思ってないわ。…………ただ、気持ちよすぎて怖かったの」

自分の言葉の気恥ずかしさに、耳が赤くなる。視線を逸らすとセスの体が脇に滑り、機嫌を取るようにエリタの体を抱き寄せた。

ちゅっと音を立てて頬を吸われ、エリタはくすぐったさに身を捩る。

「エリタ。俺はもっと、乱れる君が見たい」

「……恥ずかしいわ」

「それも気持ちがいいだろ？」

意味深に問われて、まだ敏感な臀部を柔く揉まれる。そうされると体は疲れているのにまた淫らな気持ちになってしまいそうで、エリタはセスの胸元を叩いた。

「やらしい触りかたしないで」

「嫌じゃなかったって、認めるなら」

「…………もう」

尻を揉む手が未だに熱を持つ場所に潜り込んできそうだったので、エリタは仕方なくセスの耳元に唇を寄せた。

「セスが私に触れてくれるだけで、十分気持ちが良いの。だから、変なことしないで」

やめさせようと羞恥を堪えて口にしたのに、密着していたセスの体温が僅かに上がる。

驚いてエリタが顔を上げると、情欲を孕んだ瞳に射貫かれた。

「……セス？」

「君はどうして、そんなに男を煽るのが巧いんだ？　今日はもう寝かせてやろうと思ったのに、無理そうだ」

「えっ、――ちょ――ぁ、んっ」

驚いて身を離そうとしたエリタの腰が、ぐっとセスに押しつけられる。両足の間にセスの膝が割り込み、僅かに開かされた隙間にセスの長い指が擦りつけられた。

まだ熱く疼く淫唇を押し退けて、淫らな指が押し込まれる。

「ま、待って……すぐは、無理よ」

エリタは両腕で必死にセスの胸元を押し退かそうとしたが、再び上にのしかかられてしまい、藻掻くことしかできなかった。

そんなエリタを捕食者の顔つきで見下ろしながら、セスが自分の唇を舐める。

その仕草に焦る気持ちが攫われてしまい、ぞくりとエリタが欲情したのを見逃さず、セスの唇がエリタに食いついた。

## 12

数日後にランフォスが送り届けてくれた書類が決定打となり、エリタは両親が残してくれた財産を取り戻すことができた。

巧みに隠蔽されていた金銭のやりとりや借金、交友関係を洗い上げたリストはクレオを青ざめさせ、裁判に発展することなく譲渡手続きは無効になったのだ。

その後クレオは借金取りから逃げるためか、姿を眩ましてしまっている。

行方は気になったが、エリタはエリタでやらなければならないことが多くあったので、クレオを気にかける余裕がなかった。

屋敷にセスと戻って来てからはとにかくめまぐるしく日々が過ぎていき、瞬く間に一年が経過していた。

「もうすっかり夏ね」

四阿《あずまや》で涼みながら、噴水越しに青々とした木々の葉を眺める。アイスティーが注がれたロンググラスの中で、氷がからりと音をたてた。

「お前も大きくなるはずだわ」

膝で身を丸めていた猫の頭を撫でてやると、ゴロゴロと喉を鳴らす。

三ヶ月前、庭園の隅に瀕死の状態でいたのをエリタが見つけて飼い始めたが、今は丸々と太っており、勝手に餌を与えることをカルゲンに禁止されている。

それでもねだられると弱くて、エリタはサンドイッチに挟まれているチーズをじっと見つめてくる視線に耐えかねて、その端を僅かにちぎった。

「ちょっとだけよ？」

与えられる気配を察して、膝上で猫が起き上がる。エリタはその鼻先に指を持っていこうとしたが、背後から急に伸びてきた腕に手首を掴まれてしまった。

「きゃっ」

驚く間に頭上に引っ張られて、指先を口に含まれてしまう。摘んでいたチーズが、舌に奪われてしまった。

「せ、セス。脅かさないで」

舐められた腕を胸元に引き寄せて、眉根を寄せる。エリタは怒っているつもりなのだが、セスは何食わぬ顔で隣に腰掛けてきた。

当然のように膝から猫が退かされ、そこにセスの頭が乗る。

「あ、もう。セス！　レオンに酷いことしないで」

「してないね。俺は助けたんだ」

「どういう理屈よ」

「勝手に食い物をやるなって、カルゲンに言われてるんじゃないのか？」

弱いところを突かれてエリタが怯むと、セスはなぜか勝ち誇った顔で鼻を鳴らした。それこそ猫のように、頭を撫でてくれと甘えてくる。

「どうしたの？　今日はとても機嫌がいいわね」

要望通りに優しく髪を梳くと、セスの片腕がエリタの腰に回った。きゅっと抱き寄せられて、くすぐったさに笑う。

「くすぐったいわ、セス。本当にどうしたの？」

「手伝わせてもらっていた事業のいくつかを、俺に任せてもいいと言ってもらえた」

「え、本当!?」

その言葉は、エリタにとって願ってもない吉報だった。

セスはエリタの屋敷に迎え入れられた後、メリッサの計らいで一族の中でも実力主義な親戚の元で補佐の仕事をしていたのだ。

セスがフロラシオンで磨いた実力を大いに発揮し、すぐに気に入られていたことは知っていたが、まさかこんなにも早く大きな仕事を任せてもらえるとはエリタとて思っていなかった。

「本当だ。三ヶ月後には、正式に俺が引き継ぐ手筈を整えてくれるそうだ」

「そう。良かったわね」

祝福すると、セスは頭を撫でていたエリタの手を取って起き上がった。改めて向かい合い、触れるだけのくちづけを交わす。

「本当に嬉しいわ。私、あと数年は覚悟していたのよ」

「俺はそんなに無能じゃない」

むっとした顔で即答されて、エリタは声をだして笑ってしまった。慌てて口元を押さえたが、その手はセスによって退かされてしまう。

今度は深く重なった唇に逆らわず、エリタは薄く唇を開いた。何度も舌を搦めあい、唇を吸いあう。エリタはとろけるような幸せを感じながら、己の体を強く抱き締めてくれる腕の力強さに酔った。

ゆっくりと唇が解かれ、深緑の瞳に囚われる。エリタがうっとりと見つめると、セスの目尻が優しく下がった。

「君を誰よりも幸せにしてみせるから、誰よりも傍にいさせて欲しい。結婚してくれ」

抱擁が解かれ、強く握られた左手の薬指に、星屑《ほしくず》のようにダイヤモンドがちりばめられた指輪が填《は》められる。

夢にまで見たプロポーズをされて、エリタの体は喜びに震えた。

「もちろんよ」

高鳴る鼓動に邪魔された声は上擦ったが、即答する。瞬間、エリタの体を再びセスが力強く抱き締めた。エリタのほうからも負けじと強く腕を回すと、噛みつくように再びくちづけられる。

「やっと言えた。やっとだ――。エリタ、ありがとう！」

顔中にキスの雨が降らされた後で横抱きにされ、エリタは驚いてセスの首にしがみついた。

「きゃっ、セス!?」

「君の気が変わらないうちに、屋敷の連中に報告して回る！」

目に見えている以上にセスが興奮していたのだと、抱えられたまま走り出されたことで

知る。

事業を任されるということは、セスがサフィン家に婿として認められたということだ。

そのことをこんなにも待ち望んでいてもらえたことに、エリタは感動した。セスへの愛しさが胸の奥から湧き上がり、体が幸福に満ちていく。

「セス、愛してるわ」

「――俺もだ。だけど、そんな声で耳元で囁かないでくれ。せっかくカルゲンを見つけたのに、無視してベッドルームに行きたくなる」

甘ったるい声で訴えられてエリタが赤面すると、セスは笑った。

からかわれたのだと気づいてエリタは悔しくなったが、それでもいいわと答えてセスを動揺させるには、まだ空が明るすぎていた。

# あとがき

初めまして、朝海《あさみ》まひるです。

この度は拙作をお手に取ってくださりありがとうございました。

至らないところは多々あるかと思いますが、初めてなりに四苦八苦して形にした作品なので、少しでも楽しんでいただけたらいいな、と心より願っております。

とりあえず、この作品で私が一番拘ったのは、たぶんエリタの胸です。

自分でも理由はわかっていないのですが、プロットの段階からなぜかエリタの胸に並々ならぬ執着をしておりました（描写にはあまり活かされてない気がしますが）。

男性の手でもちょっとだけむにっと余るサイズがいい――！　と、一人興奮し、友人達にそれがどれくらいのカップになるか相談した程度には阿呆です。

そしてその相談に、「Dじゃ小さい。大きいと見た目にもわかるサイズはEかFからだ」と口々に応えて貰えた私は良い友人を持ったと心から思いました。

イラストをお願いした犀川《さいかわ》先生からキャララフが届いたとき、セスの髪型が三パターンあったのですが、それを見せて貰いながら担当のNさんが私に「どれがいいと思います？」と問いながらもすでに真ん中に決めていたのが忘れられません。

私が「うーん、どれがいいかなぁ」と見比べようとした時点で「二番素敵ですよね!?」と前のめりでした。

そして二番がもにょもにょで三番がもにょりと嬉々と語り出した声を、私はとても微笑ましい気持ちで聞き、賛同するに至ったのです。

Nさんがときおり語る妄想話がわりと好きだったりするので、これからもそのままでいて欲しいと思います。

この本が出る頃は初夏だと思うのですが、今はまだ初春だったりします。初春のはずなのですが、気温がおかしなことになっていて大変です。

二日前なんて、暑い暑いと思って温度計を見たら仕事場が二九度あって、我が目を疑いました。

もともと熱が籠もりやすい造りの部屋なのですが、本気でクーラーつけようかと悩んだくらいです。

その暑さのせいか、今年は桜の開花が恐ろしいほど早くてですね……毎年お花見に行っているところがあるのですが、予定が合わずにめちゃくちゃ焦っていたりします。

散り際を観に行くのが好きでいつもそれくらいを狙っていくのですが、今年は予測が難しすぎて、風雨に散らされないことを願うばかりです。

おもいっきり花粉症なのですが、桜を愛でることだけは諦められません。

お酒は飲めないので屋台で買った唐揚げ片手にですが、花見は花見です。

それを楽しみに、この本が無事に発行されるようお仕事しようと思います。


そんな感じで頑張っておりますので、気が向きましたらご意見やご感想などお聞かせ頂けると嬉しいです。まだまだ未熟者ですので、よりよい作品を生み出せるよう、ご助力をお願いいたします。
私自身、もっとこう胸キュンなロマンス小説を書けるよう、鋭意努力いたしますので！
とりあえず、糖度を……！　糖度を上げることを次回作の目標に頑張ります。
では、こんなところまでお付き合いくださりありがとうございました。
次もまた、お会いできることを願って！

二〇一三年　春　　朝海まひる

ソーニャ文庫

この本を読んでのご意見・ご感想をお待ちしております。

◆ あて先 ◆

〒101-0051
東京都千代田区神田神保町2-4-7 久月神田ビル7階
㈱イースト・プレス　ソーニャ文庫編集部
朝海まひる先生／犀川夏生先生

# 令嬢《れいじょう》は花籠《はなかご》に囚《とら》われる

2013年5月6日　第1刷発行

著　者　朝海《あさみ》まひる
イラスト　犀川夏生《さいかわなつき》

装　丁　imagejack.inc
ＤＴＰ　松井和彌
編　集　馴田佳央
発行人　堅田浩二
発行所　株式会社イースト・プレス
〒101-0051
東京都千代田区神田神保町2-4-7 久月神田ビル8階
TEL 03-5213-4700　FAX 03-5213-4701
印刷所　中央精版印刷株式会社


ISBN 978-4-7816-9504-4
定価はカバーに表示してあります。

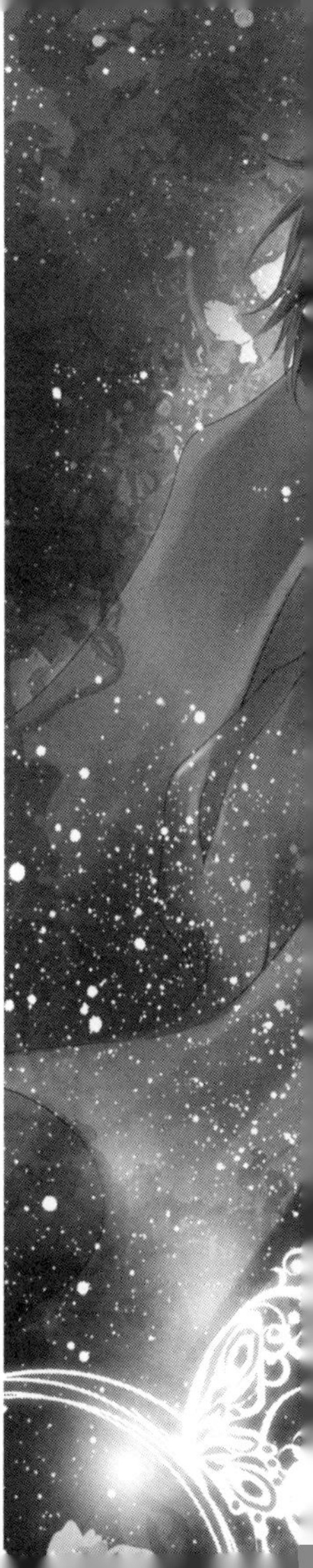

Sonya ソーニャ文庫の本

『**監禁**』 仁賀奈

イラスト 天野ちぎり